EL LEGADO APOSTOLICO DEL EVANGELIO DELREINO

Apóstol Obed Raudales M.

San José, Costa Rica
Mayo 2018

DEDICATORIA

El presente trabajo lo dedico a mi Padre Espiritual, el Apóstol Jorge Alejandro Raudales, quien con paciencia y amor, ha sabido instruirme en el ministerio. Su estilo de vida y servicio ha sido la base para que el Espíritu Santo me haya dado la inspiración y la guía para plasmar en este escrito todo lo que se ha venido desarrollando en mi vida ministerial.

AGRADECIMIENTO

En primera instancia agradezco a mi esposa e hijos, quienes han sido un apoyo incondicional en medio de este proceso; así como a mi familia en general, quienes de algún modo han contribuido tangiblemente para alcanzar este logro de tanta relevancia en mi vida.

También estoy agradecido con toda la Gran Familia Luz y Vida, por haber creído en mí, en el llamado de Dios para mi vida y en la tarea que Dios nos ha encomendado para predicar el evangelio del Reino a las naciones.

PRESENTACION

Personalmente, considero que a pesar de mi corto camino en el ministerio, el haber nacido en medio de un tiempo de cambios y reformas, obtuve la posibilidad de ver el transicional de la iglesia de un estado a otro.

Como hijo de pastores desde mi nacimiento, se me permitió observar ciertas deficiencias ministeriales que estaban perjudicando seriamente el accionar del Reino, en el pueblo de Dios. Del mismo modo, directa o indirectamente constaté en cierta medida, las consecuencias de las decisiones basadas en un sistema religioso plantado en un conjunto de tradiciones que no compartía y que cada día nos alejaba del verdadero propósito de Dios. Todo lo vivido me ha servido para aprender a no incurrir en los mismos errores que se han cometido en el pasado con respecto a la edificación del Reino de Dios.

Por medio de un proceso de transición ministerial, de lo obsoleto a algo nuevo en la misericordia de Dios, mis padres no dejaron de instruirme valores y principios de familia conforme a la palabra de Dios. Esta acción marcó mi vida para siempre porque en medio de un proceso y de nuevas experiencias han sido esas sabias instrucciones las que han servido para ver la luz al final del camino y salir a flote; además, han sido la base y fundamento para consolidar el diseño apostólico y profético en mi vida, con el fin de reconocer con claridad los propósitos de Dios entre una generación y otra.

A lo largo de la experiencia vivida durante todos estos años ministerialmente hablando, he observado a muchos quedarse en el camino; otros han intentado utilizar una verdad distorsionada para engañar a otros y a sí mismos; aunque no tengo toda la verdad, lo plantado apostólica y proféticamente por la gracia de Dios en mi corazón, es el simiente para poder reconocer a tiempo el engaño y de este modo, así mismo ayudar a otros para que no caigan en la trampa del enemigo.

Lamentablemente no todos están dispuestos a escuchar la juventud con la excusa de saber demasiado, pero hemos podido comprobar la voluntad de Dios basados en nuestra propia experiencia en Él, por medio de la renovación del entendimiento que también viene a través de una nueva generación, sin dejar a un lado el consejo de aquellos que van delante de nosotros.

INTRODUCCIÓN

El Evangelio del Reino sigue siendo tan complejo y sofisticado para el entendimiento humano que no hay duda con respecto a mantener una dependencia total del Espíritu Santo; a la vez, esta resulta vital para la edificación del Reino en nuestras vidas, familias y ministerios. Hay una gran necesidad hoy por restaurar los verdaderos principios del Reino; ha sido mediante el esfuerzo de pioneros anteriores a este tiempo como del presente, quienes han pagado un precio muy alto para no solo traernos esta restauración, sino, para tener en la actualidad, acceso a una gran gama de revelaciones en diferentes temas. En el transcurso de este camino, como ministro joven, he tenido la oportunidad de recibir mucho de grandes hombres de Dios que poseen el enfoque correcto en cuanto a lo que hacen; aunque lamentablemente, solamente son unos pocos los que han entendido su verdadero papel y labor dentro del cuerpo del Señor Jesús.

El enfoque de algunos es bueno para el plan de acción en las obras del Reino, pero deficiente a la hora de edificar el diseño de Dios. Muchos edifican grandes edificios y estructuras pero sin la capacidad de consolidar las familias; otros creen que están haciendo las cosas bien pero en realidad no saben ni hacia donde se dirigen. El problema surge no tanto por la escasez del conocimiento restaurado con el cual podemos contar, sino de la incapacidad de los diversos ministros y ministerios para restaurar los elementos de transferencia entre una y otra generación que de la misma manera Dios ha diseñado para su iglesia.

Existe un gran reto para aquellos que hoy nos dirigen, así como para los que hemos de recibir el legado apostólico de las naciones para consolidarlo. El trabajo que se ha hecho no creo que sea en vano, sino más bien que en el transcurso del tiempo, Dios sigue revelando en medio de un proceso de maduración, cada uno de los detalles que han de complementar el trabajo y el esfuerzo de muchos.

Hemos entrado en un tiempo crucial para el cuerpo de Jesús, según lo que se ha venido profetizando por apóstoles y profetas desde años atrás; una nueva generación está casi lista para recibir la estafeta, por lo que Dios está desatando un mover espiritual para afinar los detalles y colocar los elementos faltantes por restaurar para que finalmente sean entrelazadas dos generaciones, y de esta manera la iglesia siga el curso trazado por Dios a través del Espíritu Santo.

INDICE

PRÓLOGO

Me da mucho gusto trazar estas líneas para referirme al Apóstol Obed Raudales, por su acertada decisión de escribir lo que oficialmente sería su primer libro.

Lo conozco muy bien, pues, además de ser mi hijo biológico y espiritual es servidor del Señor desde su niñez y también he sido su mentor por muchos años.

Ha crecido tanto que hoy es una de las personas a quien permanentemente me corresponde consultar sobre varios temas.

Del mismo modo aprovecho para destacar su audacia en compartir un tema de mucha actualidad para los ministros y líderes en general.

Recomiendo leer este libro puntualmente y con mucho cuidado porque su contenido, aparte de exponer conocimiento sobre el tema, contiene un mensaje de profunda revelación.

Es necesario abordar contenidos como este con más frecuencia para la edificación de la Iglesia.

Este libro será un gran aporte para los ministros y líderes.

Es posible que manejes este tema o que hayas leído algo así, este libro aborda temas con mucha revelación, pero también, recoge una experiencia soñada no solo del escritor sino además, de otros ministros.

Atte. Apóstol Jorge A. Raudales

Apóstol General Remah Internacional

CAPITULO I

Los propósitos de Dios frente a los Propósitos del Hombre

No me escogieron ustedes a mí, sino que yo los escogí a ustedes y los comisioné para que vayan y den fruto, un fruto que perdure. Así el Padre les dará todo lo que le pidan en mi nombre. **Juan 15:16**

Cuán importante es entender, que Dios no nos llamó por emergencia, ni por necesidad, a pesar de haber detrás de nosotros una larga fila de personas esperando y orando para ser usadas por Dios.

El versículo de referencia para este tema nos clara que no lo hemos escogido nosotros a Él, sino Él a nosotros; por lo tanto no fue, ni ha sido nuestra elección servirle, alabarle y adorarle; no deberíamos pensar que lo hacemos por necesidad sino porque para ello hemos sido predestinados. Es importante entender este principio de servicio y llamado para no poner como excusas elementos terrenales con el objetivo de condicionar nuestro servicio al Señor Jesús, sino más bien en las espirituales en donde se encuentran las riquezas eternas.

En Mateo 6:33 se nos manda a buscar primeramente el Reino de Dios y su justicia antes que las necesidades terrenales, no porque a Dios no le interese suplirlas, sino porque necesitamos cambiar nuestro estilo de vida para que vaya conforme a los propósitos de Dios. Si nuestro enfoque de vida cambia, cambiará nuestra manera de vivir y consecuentemente nuestra manera de servir, alabar, adorar, hablar, actuar, entre otras.

Cuando se nos manda a buscar el Reino de Dios, se nos manda a adquirir un compromiso de vivir bajo el diseño de Dios, pero así mismo, Dios se compromete en el mismo versículo a sustentar espiritual y materialmente a los que se han ligado a sus propósitos.

1. Propósitos humanos o del hombre.

En ese tiempo también todos nosotros vivíamos como ellos, impulsados por nuestros deseos pecaminosos, siguiendo nuestra propia voluntad y nuestros propósitos. Como los demás, éramos por naturaleza objeto de la ira de Dios.
Efesios 2:3

Desde la caída de Adán y Eva los propósitos de Dios pasaron a un segundo plano para el hombre, pero no así el hombre para Dios, ya que a pesar del pecado y desobediencia de la humanidad sus planes no han cambiado, ya que Dios espera que lleguemos a ser lo que siempre ha querido que seamos.

Adán y Eva fueron expulsados del huerto del Edén, por ende perdieron la autoridad y cobertura de Dios. Es importante señalar que no fue satanás quien los expulsó sino Dios por su desobediencia, más al salir del Edén, fueron también despojados de todo por satanás. El hombre adquirió una mentalidad ingobernable ante su creador; antes era gobernado por Dios, no obstante, ahora su condición de pecado lo hizo incapaz de vivir en la luz, pero sí en tinieblas y no porque fuera incapaz de vivir según el dominio del Eterno, puesto que para eso fue creado, sino porque abandonó los propósitos de Dios.

El hombre en lugar de vivir para el Dios de los Cielos y gobernado por el conocimiento de Dios, adquirió un conocimiento diferente: el del "Bien y el Mal" que no dista de la autocomplacencia emocional de nuestra vida. Al hombre no le quedó otra opción más que depender del conocimiento que había adquirido, debido a la ruptura espiritual de su relación con Dios; por otro lado, este "conocimiento" resulta obsoleto para los propósitos de Dios.

En la biblia podemos encontrar un sinnúmero de ejemplos en donde Dios tuvo que lidiar con la humanidad del hombre para poder encaminarlo en su plan y propósito; siempre se presentaron obstáculos que el mismo hombre interpuso ante lo que Dios quería, pero en su soberanía, Dios siempre supo llamar o corregir la vida del escogido oportunamente para cumplir el propósito de su llamado.

Dentro de muchos ejemplos vamos a tomar la vida de Abraham, el padre de la fe.

"¿Acaso no está escrito que Abraham tuvo dos hijos, uno de la esclava y otro de la libre? El de la esclava nació por decisión humana, pero el de la libre nació en cumplimiento de una promesa."
Gálatas 4:22-23

En esta porción de la palabra vemos que hasta el padre de la fe, antes de serlo, tuvo dudas. Este mismo versículo nos ilustra que perfectamente puedo lograr resultados basados meramente en decisiones humanas, obtener logros importantes en la vida, pero no necesariamente por el cumplimiento de la palabra de Dios; la gran diferencia radica en que *Cielo y Tierra pasaran pero todo lo que se haya cumplido por medio de Su Palabra, permanecerá (Mateo 24:35).*

Recordemos que todo fue creado por la palabra, está sustentado por la palabra y no es cualquier palabra, es la que ha salido de la boca de Dios, tanto para lo visible como para invisible (*Génesis Capítulo 1; Hebreos 11:3; Colosenses 1:15-23*).

La mentalidad humana se basa en lo que percibimos por la vista y no por fe; vemos las necesidades terrenales antes que las necesidades espirituales. En *Mateo 6:25-34*, claramente Jesús nos enseña y nos demuestra esta verdad, pero al mismo tiempo Él nos aclara el entendimiento para comprender que nuestra necesidad es más grande y profunda de lo que visiblemente podemos ver (¿qué comeremos?, ¿qué beberemos o vestiremos?), nos enfoca en buscar primeramente nuestras necesidades espirituales antes que las terrenales y es así como todas serán suplidas, siempre y cuando busquemos (en el Reino) y caminemos (en justicia) en lo que se nos haya revelado.

La mentalidad religiosa se basa en buscar a un dios por necesidad. Cuando buscamos a nuestro Dios Celestial de esta manera es porque le estamos sirviendo basados en la insuficiencia material y no en la espiritual que tiene que ver con el cumplimiento de la palabra en nuestras vidas. Abraham tuvo un hijo con Agar su criada por poner su mirada en la necesidad que era obvia (un heredero), y no en el cumplimiento de la promesa. Le urgía un hijo y tomó una decisión meramente basada en términos humanos, la cual a la postre le trajo duras consecuencias.

Los propósitos de Dios son eternos, los propósitos humanos pasajeros. Cuando las decisiones humanas se llevan a cabo servirán para satisfacer momentáneamente una necesidad, pero en Dios permanecerá para siempre. Una vez que su palabra se cumpla sobre una vida, nadie podrá maldecir lo que Él ha bendecido. Amén.

La vida espiritual y emocional del hombre fue duramente lesionada por su mismo pecado, distorsionando en sí mismo el plan de Dios lo que determina un final de muerte y no de vida *(Proverbios 16:25)*, contrario a la idea original del pensamiento divino cuando Dios dijo: "HAGAMOS AL HOMBRE".

Para sustentar lo mencionado anteriormente, se aporta daremos el siguiente ejemplo:

Todo el mundo procuraba visitarlo para oír la sabiduría que Dios le había dado, y año tras año le llevaban regalos: artículos de plata y de oro, vestidos, armas y perfumes, y caballos y mulas. Salomón multiplicó el número de sus carros de combate y sus caballos; llegó a tener mil cuatrocientos carros y doce mil caballos, los cuales mantenía en las caballerizas y también en su palacio en Jerusalén. El rey hizo que en Jerusalén la plata fuera tan común y corriente como las piedras, y el cedro tan abundante como las higueras de la llanura. **I Reyes 10:24-27**

Cualquiera en el tiempo presente diría que Salomón estaba vendiendo la sabiduría y a causa de eso se estaba haciendo millonario, ya que por tan solo oírlo, la gente y hasta reyes, le llevaban todo tipo de regalos y bienes a tal punto de multiplicar sus riquezas y poderío; como más de alguno en el presente dice: ofrendar y pactar por un milagro, es vender el milagro, cuando más bien se pretende conectar la vida de alguien con el espíritu de la honra, entendiendo que ni por medio del dinero, el oro ni y la plata, sería capaz de obtener el milagro pero sí por medio del Rey de reyes y Señor de Señores y su infinito poder. Muchos prefieren tomar sus propias decisiones antes que honrar al Dios Todopoderoso, debido a que piensan primero en la necesidad antes que en el cumplimiento de la palabra de Dios.

Con esto podemos identificar un problema profundo de ideología en la mente y corazón del hombre que fue creado con cualidades especiales y específicas, conforme, imagen y semejanza que solo pueden ser liberadas y restauradas por la mediación de la sangre del Cordero Santo: Jesús, el Mesías, derramada en la cruz.

Lamentablemente, el interior del área ministerial todavía no ha sido purgada ni saneada esta enfermedad crónica que si no se atiende a tiempo puede generar serias consecuencias en la vida del ministro, familia y congregación; a veces resultan casi irreversibles mas no imposibles, siempre y cuando se adquiera y se promueva una sana conciencia en pro de edificar y madurar el pueblo santo del Señor, no con base en las decisiones humanas sino en las eternas, que han sido profetizadas y esperan por su cumplimiento según *Efesios 4:11-16*.

Los homicidios, robos, desintegración familiar, orfandad, abandono, hambre, pobreza, entre otros, son el resultado de las decisiones humanas desde su caída al decidir desobedecer a Dios. Somos el producto de nuestras decisiones, ya sean estas con base en términos propiamente humanos o constituidos en el cumplimiento de la palabra de Dios.

2. Propósitos de Dios o eternos.

Dios, en el principio, creó los cielos y la tierra. La tierra era un caos total, las tinieblas cubrían el abismo, y el Espíritu de Dios iba y venía sobre la superficie de las aguas. Y dijo Dios: **Génesis 1:1-3**

Necesitamos comprender el propósito de la palabra de Dios para entender el momento de su cumplimiento. La Tierra estaba desordenada y vacía, un caos total como en la mayoría de las vidas en el mundo; pero cuando Dios dijo, soltó su palabra, la cual por sí misma comenzó a ordenar y administrar los recursos del Reino sobre la Tierra.

La palabra "dijo" viene de la palabra hebrea: Amar[1] se traduce como: Llamar, dar nombre; según *Isaías 5:20:* "*¡Ay de los que llaman a lo malo bueno y a lo bueno malo…!*", en otras palabras, llamar las cosas que en el momento no son, como si

---

[1] e-Sword 10.1.0.0, Chávez Moisés, Diccionario de hebreo Bíblico, H559

fuesen, es a lo que llamamos "fe" según *Hebreos 11:1*.

Dios nos ha provisto a través de su palabra y sus espíritu, los recursos espirituales para llevar al cumplimiento sus designios y propósitos para la humanidad; en otras palabras, por medio del mediador entre Dios y los hombres (Jesús), podemos accesar a todo el conocimiento y poder divino para ejecutar lo que es y siempre ha sido, independientemente de lo que por vista vemos.

El propósito de Dios a través de su palabra es administrar sus recursos a nuestro favor y ordenar nuestras vidas conforme a su voluntad. De tal modo que es necesaria que sea proclamada, publicada y anunciada sobre nuestras vidas con el fin de alinear o rectificar principalmente nuestros pensamientos e ideas para así comprender, saber y discernir el tiempo de su cumplimiento. Es así como caminamos a nuestro destino que anteriormente ha sido declarado por medio de la competencia autorizada por Dios para activar o poner en vigencia su palabra sobre nuestras vidas.

Cada vez que proclamamos y decretamos la palabra de Dios, es para poner en orden lo que Dios ha establecido antes de la creación del mundo para su pueblo.

He aquí algunos ejemplos:

- <u>Salvación</u>: Marcos 16:15-16. *El que crea será salvo*, por eso declaramos salvación.

- <u>Libertad al que está en esclavitud y la opresión demoniaca:</u> Isaías 61:1; Marcos 16:17. *Por cuanto nos ha ungido…, al que crea estas señales le acompañarán…*, por eso declaramos libertad.

- <u>Poder para anular y establecer nuevos decretos</u>: Jeremías 1:10. *Mira, hoy te doy autoridad sobre naciones y reinos, para arrancar y derribar, para destruir y demoler, para construir y plantar.*

- <u>Beneficios de la Crucifixión</u>: Isaías 53:5; Isaías 61:1; Marcos 16:17; Colosenses 2:14-15. *" …y anular la deuda en nuestra contra…* por lo tanto podemos decretar:

a) Por lo tanto el justo y verdadero fue traspasado, el que crea en Él, será despojado de sus rebeliones.
b) Por cuanto el justo y verdadero fue molido, el que crea en Él, será perdonado de sus pecados e iniquidades
c) Por cuanto el justo y verdadero fue azotado, el que crea en Él, por sus llagas, será despojado de sus enfermedades.
d) Por cuanto nunca hizo maldad, ni hubo engaño en su boca, conoceréis la verdad y la verdad os hará libres.

e) Por cuanto se hizo pobre, os enriqueceré conforme a mis riquezas en gloria."

Todos los principios de la palabra de Dios son elementos de justicia para traer a la existencia nuestra herencia, autoridad, poder, milagros y todos los beneficios o recursos sobrenaturales que han sido predestinado desde antes de la fundación del mundo para disfrutarlos y manifestarlos a través de su nombre.

La obra de Jesús en la cruz es tan solo la manifestación visible de lo que siempre ha existido, pero no se nos había sido revelado porque tanto el pecado como la la desobediencia de la humanidad habían creado una barrera impenetrable para el hombre pero no para Dios, por lo que el hombre no era capaz de justificarse a sí mismo de sus pecados, ni tenía el poder para romper con la maldición debido a que su mente y corazón estaban concentrados en lo perecedero y corruptible más que en lo incorruptible, verdadero y eterno que procede de Dios.

Jesús trajo a la existencia el perdón, el favor, amor y misericordia de Dios, también el poder y la autoridad del Reino de Los Cielos, para someter todo principado, potestad y todo el reino de las tinieblas, la tierra y todo sobre lo que en ella habita.

El hombre ineludiblemente necesita el conocimiento revelado de la palabra de Dios para administrar y ordenar su vida. Activar la palabra de Dios para crear una atmósfera de cumplimiento y ejecución de la misma.

Poseer esta comprensión divina de su amor es lo que hace de cada uno de nosotros una nueva creación, comprender las palabras y enseñanzas del Maestro y el poder del Espíritu Santo en nuestros corazones, nos hace caminar paralelamente a sus propósitos; contrariamente, una mala comprensión de sus recursos puede llevar nuestra vida y la de quienes nos rodean a la destrucción.

Acciones como amar a nuestros enemigos, no tienen lógica para el entendimiento humano, pero es un misterio que el Espíritu Santo nos ha revelado mediante la palabra de Dios.

Según Oseas 4:6, por falta de conocimiento el pueblo ha sido destruido. Es interesante que no mencione la falta de ayuno y oración, sino el no tener la comprensión divina para crear una atmósfera de cumplimiento que es sinónimo de un ambiente de obediencia[2]. En otras palabras, sin entender este principio no podríamos ser capaces de gobernar sobre la tierra, ya que, no contaríamos con los elementos sobrenaturales para movernos en la autoridad y diseño del Reino.

Cuando Dios nos revela un mandamiento o una palabra profética es para ordenar nuestras ideas y encausarnos en el camino correcto el cual por falta de información revelada hemos abandonado. La revelación hace que la palabra escrita (ya decretada y declarada) venga a dinamizar nuestras vidas. Obtener una palabra de parte de Dios, es obtener una licencia para caminar en bendición, es Dios expresando las intenciones de su voluntad sobre nuestra vida o un fragmento del conocimiento de Dios revelado a los hombres por medio del Espíritu Santo.

Dios desea confirmar por medio de una palabra lo que siempre ha preparado y ha sido declarado sobre nuestras vidas. El nunca pretende sustituir la oración o el diseño por medio de una palabra, sino

---

[2] Microsoft Word 2007, (España Internacional), Sinónimos: español

reafirmar o fortalecer sus propósitos para alcanzar la plenitud de nuestro llamado.

Abraham recibió su heredero según la promesa dada por Dios cuando entendió que el Eterno le había hablado no solo para complacer una necesidad como hombre, sino porque lo había marcado para ser el padre de multitudes. Entendió que por medio de su simiente, el Cordero de Dios, sería introducido a este mundo para que en Él fuesen benditas todas las naciones de la tierra, restaurando así todos los elementos y recursos que un día el hombre perdió, pero que ahora se le han devuelto por medio de Jesucristo.

Abraham entendió el propósito eterno de su llamado, le fue revelada (poner en orden sus pensamientos) la promesa declarada por Dios para su vida y fue así como Isaac nació. El plan se llevó a cabo a pesar de las malas decisiones que no solo Abraham tomó, además de muchas otras que fueron tomadas en el transcurso de la historia antes de la venida de nuestro Mesías, demostrando que nunca las decisiones humanas prevalecerán ante las propósito eternos; muchos lograron hechos ya sea buenos o malos por defender y transmitir un legado, según los héroes de la fe en Hebreos capítulo11. Dios opera soberanamente en medio de la imperfección humana para realizar sus propósitos con el fin de enseñar y recordar a una nueva generación como ser más efectivos en su llamado.

CAPITULO II

Jesús, el Modelo Apostólico de la Paternidad

Estoy seguro que este tema es bastante amplio y muy revelado para este tiempo. Gracias a Dios, se han levantado ministros apostólicos para introducirnos en esta verdad, por lo que vamos a mencionar algunos detalles para proporcionar un mejor panorama acerca de lo que se quiere dar a conocer.

*El ángel le dijo: No tengas miedo, Zacarías, pues ha sido escuchada tu oración. Tu esposa Elizabeth te dará un hijo, y le pondrás por nombre Juan. Tendrás gozo y alegría, y muchos se regocijarán por su nacimiento, porque él será un gran hombre delante del Señor. Jamás tomará vino ni licor, y será lleno del Espíritu Santo aun desde su nacimiento. Hará que muchos israelitas se vuelvan al Señor su Dios. Él irá primero, delante del Señor, con el espíritu y el poder de Elías, para reconciliar a los padres con los hijos y guiar a los desobedientes a la sabiduría de los justos. De este modo preparará un pueblo bien dispuesto para recibir al Señor. **Lucas 1:13-17**

Según esta porción de la palabra claramente nos habla del profeta Juan el Bautista como enviado a preparar el camino de nuestro Señor Jesús, con la particularidad de venir investido con el espíritu y poder profético de Elías con el fin de reconciliar a los padres con los hijos y viceversa como eje principal de su ministerio para preparar el camino (al pueblo) y recibir al "Enviado" del Padre.

Curiosamente, tanto en Lucas como en Malaquías 4, se nos hace énfasis en lo necesario que era para el pueblo de Israel tener conciencia de la paternidad responsable sobre los hijos y la responsabilidad de los hijos para obedecer y honrar a sus padres. Elías es más conocido por hacer descender fuego del cielo que por hacer conciencia acerca de la paternidad; obviamente, esto en el ámbito general o popular dentro de las congregaciones. Pero, ¿por qué era tan importante y específico hacer conciencia de esto para la preparación del Mesías?, simple, por lo que el Señor Jesús tenía que venir a revelar, al PADRE. Jesús venía con una tarea específica en la cual incluía la salvación de la humanidad, perdón de pecados, liberación, entre otros, pero sobre todo revelar al Dios desconocido para el hombre.

Podemos recorrer la biblia y difícilmente vamos a encontrar al pueblo de Israel, sacerdotes, profetas y fariseos llamar al Dios del Cielo como Padre, más bien se referían a Él como el Padre de Abraham, Isaac y Jacob:

Y no se pongan a pensar: "Tenemos a Abraham por padre." Porque les digo que aun de estas piedras Dios es capaz de darle hijos a Abraham. **Lucas 3:8b**

Nadie podía llamarle Padre, más solo quien tuviera una revelación de Él, quien hubiera estado con Él para tener la capacidad de revelarlo tal y como Él es:

Por eso Jesús, que seguía enseñando en el templo, exclamó: ¡Con que ustedes me conocen y saben de dónde vengo! No he venido por mi propia cuenta, sino que me envió uno que es digno de confianza. Ustedes no lo conocen, pero yo sí lo conozco porque vengo de parte suya, y él mismo me ha enviado. **Juan 7:28**

Solo había alguien que había estado con Él y descendido del cielo para revelarlo a este mundo, y ese se llama Jesús el Mesías:

Mi Padre me ha entregado todas las cosas. Nadie conoce al Hijo sino el Padre, y nadie conoce al Padre sino el

Hijo y aquel a quien el Hijo quiera revelarlo. **Mateo 11:27**

Solo aquel que podía revelarlo (al Padre), tenía la capacidad de llevarnos a Él.

La intención del Señor Jesús era devolverle a la humanidad la imagen y semejanza que un día perdió en el Edén al salir de la cobertura y paternidad del Padre.

Uno de los problemas más grande del pueblo de Dios y la sociedad en general, es que han perdido su verdadera identidad; fuimos creados por Dios, nuestra procedencia según Gálatas 3:14-15 es del Padre y no del mono, de donde toma nombre (origen) toda familia, patria y nación. Entre más identidad perdemos, más nos alejamos de los propósitos de Dios.

Adán perdió carácter, la capacidad de reproducir al Padre en la tierra, entonces Dios tuvo que poner en marcha el plan divino para rescatar lo que se había perdido.

Jesús estaba tan ligado al Padre que no hacía nada que no viera a su Padre hacer, nos modelaba lo que él, Padre sentía, pensaba y nos demostraba las obras que del Padre procedían:

Entonces Jesús afirmó: Ciertamente les aseguro que el hijo no puede hacer nada por su propia cuenta, sino solamente lo que ve que su padre hace, porque cualquier cosa que hace el padre, la hace también el hijo. **Juan 5:19**

Pues el padre ama al hijo y le muestra todo lo que hace. Sí, y aun cosas más grandes que éstas le mostrará, que los dejará a ustedes asombrados. **Juan 5:20**

Jesús nos vino a modelar algo que va más allá de todas las tradiciones y estructuras religiosas; vino a restaurar por medio de Él, la paternidad, carácter, poder y revelación del Padre YAHWEH Eterno:

¿Acaso no crees que yo estoy en el Padre, y que el Padre está en mí? Las palabras que yo les comunico, no las hablo como cosa mía, sino que es el Padre, que está en mí, el que realiza sus obras. **Juan 14:10**

Jesús era el Padre manifestado sobre la tierra; lo que Adán perdió, Jesús lo restauró. Jesús enseñaba, predicaba y modelaba el diseño del Padre para la humanidad, Jesús mismo consumó en su carne la obra del Padre, para que todo el que confesare con su boca que Jesús es el Señor y creyere en su corazón que el Hijo del Dios Viviente vino a esta tierra en forma de hombre, a morir y ser levantado por Dios entre los muertos, será salvo *(Romanos 10:9)*. Él (Jesús) es el camino, la verdad y la vida, nadie va al Padre sino es por Él:

Para que todos honren al Hijo como lo honran a él. El que se niega a honrar al Hijo no honra al Padre que lo envió. **Juan 5:23**

Jesús sabía que con esta revelación, los discípulos apóstoles serían capaces de hacer mayores obras que Él, ya que ellos caminarían en la unción (capacidad para hacer las obras de Dios) revelada del Padre, para hacer las mismas obras y mayores.

Jesús les impartió la paternidad del Padre, los envió con la Unción del Padre:

¡La paz sea con ustedes! repitió Jesús. Como el Padre me envió a mí, así yo los envío a ustedes. **Juan 20:21**

Jesús también los envía comisionados a las naciones para enseñar y modelar las mismas cosas que aprendieron de Él, en otras palabras con la misma unción que les enseñó, predicó y modeló del Padre *(Mateo 28:19-29)*.

Enviado[3] en los evangelios se traduce del griego apostélo, es decir, los discípulos apóstoles serían dimensionados apostólicamente por el Espíritu Santo a caminar en la Unción del Padre. Es por eso que la iglesia primera caminó en una dimensión de Reino impresionante, ya que los apóstoles caminaban en plena comprensión de lo que apostólicamente Jesús les había impartido y transferido.

En nuestro tiempo, debemos reconocer que necesitamos que este tipo de revelación maximice nuestra labor en el Reino, no es malo ser pastoreados pero necesitamos caminar según la paternidad apostólica del Padre.

Hay hombres y mujeres que han entendido esta verdad y han sido levantados y colocados en una posición de autoridad para modelar lo que ellos han oído y visto al Padre hacer.

Cuando caminamos sin paternidad, lo primero que vemos lo adoptamos; es por eso que hoy, la iglesia está llena de muchos elementos, que no necesariamente son creatividad del cielo, sino ideadas en el pensamiento humano por la falta de

---

[3] e-Sword 10.1.0.0, Diccionario Strong en Español, G649

hombres y mujeres que caminen en la revelación del Padre. Dios ha provisto una cobertura y paternidad espiritual pero es nuestra responsabilidad caminar en ella para transmitir el carácter y la vida de Dios a otros. Los padres espirituales son la vía de transferencia para recibir nuestra herencia como hijos, ese es el diseño del Reino para su pueblo.

Dios no solo ha planeado llenarte de bendiciones, sino darte acceso a tu herencia a través del modelo que Jesús te dejó. Dejemos que nos pastoreen, pero también debes tener acceso a tu herencia a través de tu padre espiritual:

Porque no serán ustedes los que hablen, sino que el Espíritu de su Padre hablará por medio de ustedes. **Mateo 10:20**

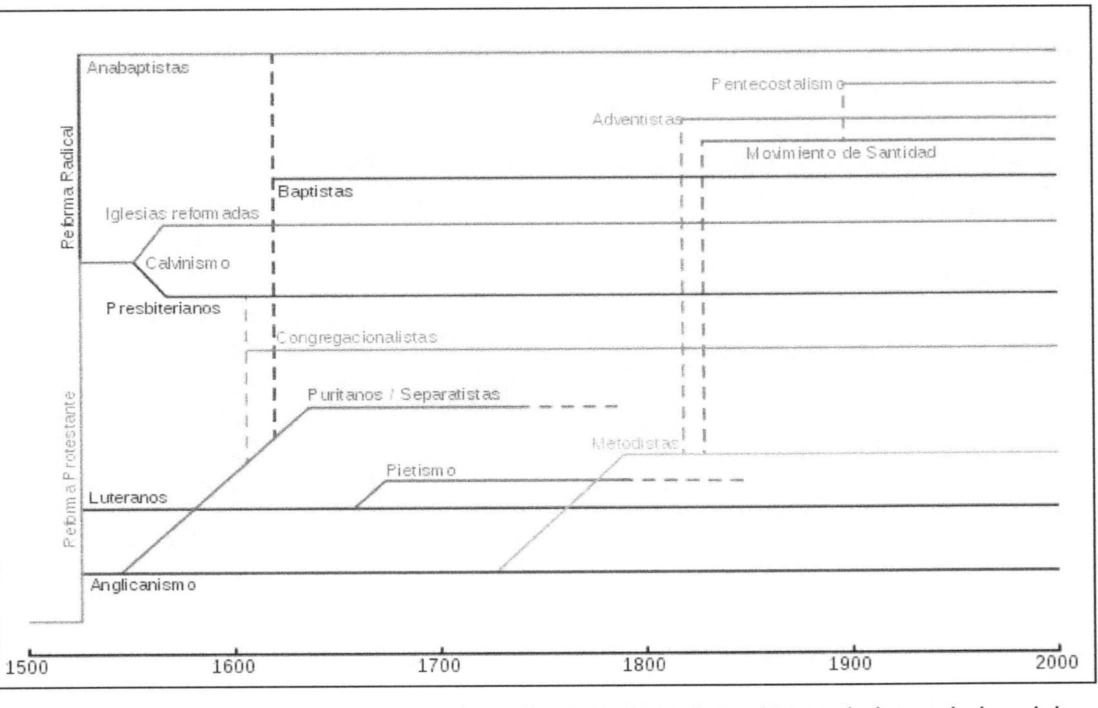

Ramificación del protestantismo a lo largo de los siglos (http://es.wikipedia.org/wiki/Protestantismo).

Curiosamente las diferentes ramificaciones del protestantismo no son lo que un día fueron y establecieron sus fundadores, porque no hubo impartición apostólica de la paternidad con la cual caminaron, simplemente hubo un cambio de mando, pero no de manto.

Los apóstoles de este tiempo son los llamados a impartir en sus hijos espirituales el recurso sobrenatural que han adquirido en su proceso de maduración, para restaurar la identidad y a la vez dimensionar el llamado mediante la paternidad apostólica.

Es de gran relevancia que los líderes apostólicos entiendan la importancia de madurar sus vidas para poder darle fluidez y expansión al ministerio que Dios les ha dado a través de sus hijos espirituales, tomando como ejemplo el modelo revelado por nuestro Señor Jesús.

Lo importante es que se tenga el carácter suficientemente formado para hacer esta labor, ya que la restauración del ministerio apostólico y profético consiste en restaurar y desarrollar la capacidad de transferencia entre una generación y otra, forjando hijos en el ministerio con fundamentación en los principios del Reino y de transferencia que más adelante se ampliarán.

Con esta plataforma apostólica podemos seguir con el siguiente capítulo.

CAPITULO III

Caminando Bajo Paternidad Apostólica

No les escribo esto para avergonzarlos sino para amonestarlos, como a hijos míos amados. De hecho, aunque tuvieran ustedes miles de tutores en Cristo, padres sí que no tienen muchos, porque mediante el evangelio yo fui el padre que los engendró en Cristo Jesús. Por tanto, les ruego que sigan mi ejemplo. I **Corintios 4:14 -16**

La Traducción Lengua Actual traduce el versículo 15 de la siguiente manera:

Ustedes podrán tener diez mil maestros que los instruyan acerca de Cristo, pero padres no tienen muchos. El único padre que tienen soy yo, pues cuando les anuncié la buena noticia de Jesucristo, ustedes llegaron a ser mis hijos. I **Corintios 4:15**

Primeramente, para caminar bajo paternidad apostólica necesitamos reconocer quien es nuestro padre espiritual y tener conciencia de lo que este representa para nuestras vidas en función del propósito de Dios. Pablo nos dice que podemos tener muchos maestros o tutores en el ministerio, pero padre solo uno.

Los tutores o maestros son necesarios para llevarnos a la madurez y así obtener nuestra herencia:

En otras palabras, mientras el heredero es menor de edad, en nada se diferencia de un esclavo, a pesar de ser dueño de todo. Al contrario, está bajo el cuidado de tutores y administradores hasta la fecha fijada por su padre. **Gálatas 4:1-2**

En nuestros tiempos modernos, existen muchos ministros con trayectoria que nos han bendecido con este tipo de revelación apostólica y ciertamente han logrado crear conciencia en este sentido. El problema no es tanto la falta de información, sino el asimilar correctamente este principio.

Muchos sueñan con ser enviados en el ministerio, pero claramente el apóstol Pablo nos dice que es necesario estar bajo el cuidado de los tutores hasta la fecha fijada por el padre; en otras palabras, el padre espiritual determinará cuando es cuando... Muchos en el camino pierden su horizonte profético porque mal interpretan el diseño apostólico en la casa.

Es importante mencionar que para ser un buen padre, antes tuvo que ser un buen hijo. Muchos apóstoles se emocionan con el asunto de dar y repartir cobertura por todos lados, pero no han aprendido ni ellos mismos a ser hijos, ni a estar sujetos a un padre. Creo que es imprescindible vivir y experimentar algo antes de pretender ministrarlo. Un apóstol se forja en la revelación y experiencia con su padre, si ahora alguien se representa como un padre, es porque aprendió a asimilar el propósito de Dios en el corazón de su cobertura espiritual; solo así podrá darle continuidad a lo que se le fue impartido.

Como ministros de Dios, como padres de familia, como esposos o personas individuales somos llamados a revelar los propósitos de Dios sobre la tierra, de nada serviría hacerle un milagro a una persona si esta nunca logra entender el propósito de Dios sobre su vida.

Si la humanidad no tiene propósito es porque no tiene identidad propia, es víctima de personas ajenas el propósito del Reino por ignorar el diseño de Dios para con el hombre. No podríamos llegar a la máxima expresión de nuestro llamado si antes no somos forjados en el camino de las experiencias continuas comenzando desde el ámbito personal, matrimonial y familiar y en el entorno que nos rodea. Es necesario inquirir en la presencia de Dios para ser capaz de revelar dichos propósitos.

Dios mismo es la garantía de nuestra herencia, pero un padre espiritual es la vía de transferencia. Ciertamente, hay un tiempo soberano para nuestro lanzamiento apostólico y profético a las naciones, pero el tiempo lo determinara el Padre *(Gálatas 4:2)*. Esta es una comprensión tan profunda que a muchos les cuesta entender, miran el accionar de muchos ministros con gran poder, anhelan eso y mucho más, sin embargo, aunque pueden ser bendecidos, hay elementos y principios que se deben respetar para legitimar el derecho a obtenerlas.

Caminar bajo paternidad apostólica no es solamente decirlo, es vivirlo; no es solamente decir que tal apóstol es mi padre espiritual, sino caminar bajo los principios de transferencia, someterse a la formación y autoridad dada por Dios a nuestro padre en el ministerio.

A continuación mencionaremos algunos principios de cómo aprender a caminar bajo autoridad apostólica:

1. Por revelación

El conocimiento revelado es una especie de protección o cobertura que nos protege de perecer por la ignorancia, nos permite obtener el conocimiento divino para así dinamizar nuestro ministerio conforme al diseño y propósitos de Dios.

Para ser efectivo en el ministerio hay que caminar por revelación, es decir, contar con el entendimiento de una verdad y a su vez, poseer la capacidad de revelarla según sea la circunstancia, tiempo, lugar o persona, de manera tal que todo lo que parecía difícil o imposible, sea toda una realidad.

Caminar por revelación es caminar en un ambiente de cumplimiento, de obediencia que es proporcional al nivel del Reino en que caminamos. La revelación apostólica y profética del Reino nos dimensiona a caminar en el gobierno de Dios; sin gobierno no hay Reino; si no hay alguien que nos gobierne, no hay Reino sobre nuestras vidas; este es un principio de autoridad en el cual debemos caminar. Debemos dejar que el Reino tome dominio de nuestras vidas para caminar en la voluntad del Padre. ¿Cómo lograrlo? Por medio de la revelación del Espíritu en la palabra de Dios (diseño, plan y propósito).

Hablar de revelación, es hablar de la iluminación de las escrituras para traer luz y entendimiento a nuestros corazones, con la finalidad de producir la fe y visión de Dios. Las escrituras son las palabras de Dios que tienen que pasar del papel a nuestros corazones:

Éste es el pacto que después de aquel tiempo haré con la casa de Israel dice el Señor: Pondré mis leyes en su mente y las escribiré en su corazón. Yo seré su Dios, y ellos serán mi pueblo. **Hebreos 8:10**

Si la palabra de Dios no está escrita en nuestros corazones no hay activación espiritual, dicha actividad en nuestra vida va conforme a la voluntad revelada del Padre. Sin revelación llegaríamos a confundir nuestra actividad emocional con la espiritual.

Si caminamos por revelación inevitablemente vamos adquirir la habilidad de discernir el ámbito en que nos estamos moviendo.

Evidentemente la revelación de la "palabra profética" más segura está en la Biblia, es ella la revelación misma del Padre. Manifestada, produce poder de Dios al oírla correctamente para producir Fe (la sustancia, el extracto de lo que se espera, la manifestación invisible de lo que por revelación ha de ser visible).

Podemos ir a miles de conferencias y se nos puede hablar de paternidad apostólica, pero el conocimiento sin revelación, es un conocimiento estéril. Debemos ser capaces de caminar en revelación lo cual no solo es cuestión de decir algo, sino poder asimilarlo con el espíritu correcto para poder así revelarlo y manifestarlo a otros.

Cuando no practicamos el conocimiento que se nos ha revelado (instrucción divina apostólica), corremos el riesgo de convertirnos en un vaso estéril para la palabra y los propósitos de Dios.

La revelación del Espíritu nos trae entendimiento de lo que debemos hacer y cómo poner en práctica una instrucción dada por el Espíritu Santo y bien, de nuestro padre espiritual. Sin revelación, nuestra fe para querer accionar la palabra se basaría en lo que emocionalmente me domina y no por oír con la afinidad espiritual la palabra de Dios.

Muchos aducen tener revelación, pero lo que han hecho es copiar información. Cuando caminamos por y en revelación, no solamente somos capaces de asimilar correctamente el mensaje, sino también, contar con la capacidad de ponerlo por obra.

Indudablemente, enseñamos lo que sabemos, pero reproducimos lo que vivimos y que anteriormente nos ha sido revelado.

La activación del Espíritu nos libera de la esclavitud mental pecaminosa que no nos deja accionar a la voluntad revelada del Padre:

Pues por medio de él la ley del Espíritu de vida me ha liberado de la ley del pecado y de la muerte. En efecto, la ley no pudo liberarnos porque la naturaleza pecaminosa anuló su poder; por eso Dios envió a su propio Hijo en condición semejante a nuestra condición de pecadores, para que se ofreciera en sacrificio por el pecado. Así condenó Dios al pecado en la naturaleza humana, a fin de que las justas demandas de la ley se cumplieran en nosotros, que no vivimos según la naturaleza pecaminosa sino según el Espíritu. **Romanos 8:2-4**

El dominio del pecado por poner por obra el mal, es roto por medio del poder del Espíritu Santo. Santiago 1:14-15 nos menciona que cuando doy a luz el pecado, doy la luz a la muerte que simboliza el estado y dominio del mundo sobre el hombre caído, pero cuando damos a luz la palabra revelada a nuestro espíritu, damos a luz la vida del Reino que es el estado y dominio del Reino de Dios sobre el hombre restaurado y lavado por la sangre del Cordero.

Jesús mismo nos instruye acerca de esta verdad:

Por tanto, todo el que me oye estas palabras y las pone en práctica es como un hombre prudente que construyó su casa sobre la roca, pero todo el que me oye estas palabras y no las pone en práctica es como un hombre insensato que construyó su casa sobre la arena
Mateo 7:24-25

El no poner por obra lo que se nos ha revelado, nos haría caminar en un terreno falseado, construido no por la palabra de Dios, sino desde el ámbito pecaminoso que se basa en tratar de imponer nuestros deseos ante la voluntad de Dios. Este fue el error que cometieron Adán y Eva, pensaron que Dios los estaba privando de un conocimiento al que Él sí tenía acceso y del cual creyeron que tenían derecho. Así mismo, muchos creen que sus padres espirituales los están privando de algo a lo que tienen derecho; igual que el primer hombre están siendo engañados por la serpiente; no entienden que están siendo forjados para obtener la capacidad de tomar decisiones ante la tentación y sobre qué tipo de conocimiento o cobertura quieren que los gobierne, el de la perversión humana sin identidad o propósito, o la de un padre.

Podemos ver el vivo ejemplo en la vida de Jesús en su encuentro con satanás, debía ser tentado según las mismas condiciones en las que Adán lo fue:

Luego el Espíritu llevó a Jesús al desierto para que el diablo lo sometiera a tentación. **Mateo 4:1**

Jesús en calidad de hombre en obediencia a Dios fue tentado en lo siguiente:

a. En su humanidad: *Después de ayunar cuarenta días y cuarenta noches, tuvo hambre. El tentador se le acercó y le propuso: Si eres el Hijo de Dios, ordena a estas piedras que se conviertan en pan. Jesús le respondió: Escrito está: "No sólo de pan vive el hombre, sino de toda palabra que sale de la boca de Dios* **Mateo 4:2-4**

Igualmente Adán fue tentado en este ámbito, por lo que al pecar se dio cuenta que estaba desnudo.

b. En su capacidad de tomar decisiones conforme a la palabra de Dios: *Luego el diablo lo llevó a la ciudad santa e hizo que*

c. *se pusiera de pie sobre la parte más alta del templo, y le dijo: Si eres el Hijo de Dios, tírate abajo. Porque escrito está: "Ordenará que sus ángeles te sostengan en sus manos, para que no tropieces con piedra alguna." También está escrito: "No pongas a prueba al Señor tu Dios" le contestó Jesús.* **Mateo 4:5-7.**

Satanás puso a prueba a Jesús a la hora de tomar las decisiones en la dirección correcta de las escrituras. Jesús no necesitaba tirarse del templo para comprobarle al diablo de que Dios era capaz de cumplir su palabra al mandar a sus ángeles para sostenerlo, ya que lo estaba sosteniendo ante la tentación, no tenía por qué demostrarle nada a satanás, sabía quién era Él (identidad) y quien era su Dios.

Adán no pudo asimilar bien la dirección correcta de las instrucciones que Dios le dio con respecto a por qué no debía comer del fruto del bien y el mal; Adán pensó que moriría al instante cuando su muerte sería primeramente espiritual, la cual produjo la destitución de la gloria de Dios, así como perder la capacidad de revelar al Padre.

d. En la paternidad y propósito del que lo envió: *De nuevo lo tentó el diablo, llevándolo a una montaña muy alta, y le*

e. *mostró todos los reinos del mundo y su esplendor. Todo esto te daré si te postras y me adoras. ¡Vete, Satanás! le dijo Jesús. Porque escrito está: "Adora al Señor tu Dios y sírvele solamente a él." Entonces el diablo lo dejó, y unos ángeles acudieron a servirle.* **Mateo 4:1-11.**

Jesús no se dejó doblegar ante el esplendor de las naciones del mundo; Él conocía el Corazón del Padre que no estaba puesto en la grandiosidad de las riquezas del mundo (siendo Dios Padre es el dueño de todo), sino más bien en el retorno del hombre a su creador, del hijo prodigo al Padre.

Adán quería ser igual a Dios sin darse cuenta que ya lo era, por lo tanto no cumplió el propósito por el cual Dios lo plantó en el huerto.

Dios nos manda a buscar la revelación de su Reino y su Justicia, de sus diseños y propósitos, de poner por obra lo que ha sido revelado, porque cuando aplicamos la justicia como corresponde (bajo diseño de Reino), es cuando recibimos la capacidad de desatar el propósito de Dios en otros, de pasar de ser buen hijo a ser buen padre.

2. Por asimilación o asociación

Asimilación[4] es sinónimo de: digestión, aprovechamiento, nutrición alimento y provecho. También proceso, transformación y conversión.

Asociación[5] es sinónimo de: sociedad, entidad y compañía.

Estas dos palabras gozan de diferente significado pero se relaciona una con la otra; no podemos ser parte de una entidad o compañía si no logramos digerir la visión y el fin de dicha sociedad para caminar en el proceso que tal ente representa.

Asimilar[6] significa comprender lo que se aprende, incorporarlo a los conocimientos previos.

En medio del proceso de formación de discípulos en importante aprender a asimilar el conocimiento adquirido. Por lo general es más fácil captar un mensaje cuando este ha logrado tocar un área de

---

[4] Microsoft Word 2007, (España Internacional) Sinónimos: español.
[5] Microsoft Word 2007, (España Internacional) Sinónimos: español.
[6] e-Sword 10.1.0.0 Diccionario Real Academia Española (a-derviche).

nuestra vida; sin embargo, hay aspectos que nos cuesta más que otras, ya sea por la dirección de nuestro llamado y/o por nuestra capacidad de discernimiento. Sea de una u otra manera, esto es clave para poder asimilar la visión de Dios en nuestra vida.

Se nos puede profetizar o transmitir un mensaje profético a nuestra vida pero sin lograr el efecto activo y positivo que necesitamos para poner en acción lo que se nos haya impartido.

La unción profética es activada y desatada sobre nuestras vidas para accionar el poder demostrativo del Reino en nuestra vida por medio de la activación de dones; sin embargo, no es lo mismo activar los dones proféticos del Espíritu a que se active la unción profética del Espíritu. Indudablemente la unción activa los dones, pero no los dones a la unción. La unción es generada para cumplir con una tarea específica:

El Espíritu del SEÑOR omnipotente está sobre mí, por cuanto me ha ungido para anunciar buenas nuevas a los pobres. Me ha enviado a sanar los corazones heridos, a proclamar liberación a los cautivos y libertad a los prisioneros.
Isaías 61:1

Hay una tarea asignada para cada hijo de Dios en esta tierra, muchos son llamados pero pocos los escogidos[7] (tomar o elegir una o más personas entre otras). Cuando se desconocen las funciones específicas concedidas por el Espíritu Santo para nuestro ministerio, es cuando apenas estamos caminamos en el llamado; cuando somos escogidos es porque se nos ha delegado una función y así mismo una unción para generar a nuestro alrededor las condiciones y el ambiente propicio aún en medio de las adversidades para el desarrollo de nuestro trabajo edificativo en el Reino de Dios.

Los dones no son sinónimo de madurez, son importantes para el avance del reino, siempre y cuando sean administrados conforme al propósito de Dios:

No todo el que me dice: "Señor, Señor", entrará en el reino de los cielos, sino sólo el que hace la voluntad de mi Padre que está en el cielo. Muchos me dirán en aquel día: "Señor, Señor, ¿no profetizamos en tu nombre, y en tu nombre expulsamos demonios e hicimos muchos milagros?" Entonces les diré

---

[7] e-Sword 10.1.0.0 Diccionario Real Academia Española (des-mirza).

claramente: "Jamás los conocí. ¡Aléjense de mí, hacedores de maldad!" **Mateo 7:21-23**

Los dones tienen que ser administrados por la unción y madurez de los escogidos:

El don de profecía está bajo el control de los profetas. **I Corintios 14:32**

En Corinto existía un fluir profético importante donde era evidente la manifestación de dones, pero el pueblo era incapaz de administrarlos como era debido; es ahí como el apóstol Pablo establece la doctrina idónea en la primera carta a los Corintios para no caer en confusión y misticismo.

"Así como hay una diferencia entre ser activado en los dones proféticos del Espíritu y ser activados en la unción profética del mismo Espíritu, también hay una diferencia entre a quienes se les provoca un milagro y entre aquellos que son perseguidos o acompañados por los milagros":

Estas señales acompañarán a los que crean: en mi nombre expulsarán demonios; hablarán en nuevas lenguas… **Mar 16:17**

Ninguna de las dos condiciones son malas, solamente que unos han adquirido un mayor nivel de compromiso con Dios; eso los coloca en un mayor nivel de autoridad por causa de la revelación de la palabra con la cual han sabido conquistar las verdades del Reino a través del proceso de formación en su vida. El que no es constante en un área o en una verdad, es porque toma una verdad prestada para su milagro, pero no para su vivencia personal con Dios, y eso es falta de un proceso de formación.

En medio de este proceso de asimilación y asociación es importante la formación como discípulos; si no hemos sido formados anteriormente, difícilmente vamos a poder incorporar a nuestra vida una idea, una instrucción o delegación dada por medio de nuestro padre espiritual, si previamente no tenemos un conocimiento de fundamento con el cual podamos asociar correctamente la información que se nos predique, enseñe o modele. Esto es importantísimo debido a las labores que vamos a tener que ejecutar por delegación apostólica y vamos a tener que realizarlas como si nuestro padre espiritual estuviera presente:

Con este propósito les envié a Timoteo, mi amado y fiel hijo en el Señor. Él les recordará mi manera de comportarme en

Cristo Jesús, como enseño por todas partes y en todas las iglesias. **I Corintios 4:17**

Elías y Eliseo representan el ejemplo más conocido y estudiado; ahora bien, a la luz de este enfoque vamos a extraer un momento esencial que llevó a Eliseo a experimentar la doble porción del espíritu de su líder y padre en el ministerio.

Al cruzar, Elías le preguntó a Eliseo: ¿Qué quieres que haga por ti antes de que me separen de tu lado? Te pido que sea yo el heredero de tu espíritu por partida doble respondió Eliseo. Has pedido algo difícil le dijo Elías, pero si logras verme cuando me separen de tu lado, te será concedido; de lo contrario, no. Iban caminando y conversando cuando, de pronto, los separó un carro de fuego con caballos de fuego, y Elías subió al cielo en medio de un torbellino. Eliseo, viendo lo que pasaba, se puso a gritar: ¡Padre mío, padre mío, carro y fuerza conductora de Israel! Pero no volvió a verlo. Entonces agarró su ropa y la rasgó en dos. Luego recogió el manto que se le había caído a Elías y, regresando a la orilla del Jordán, golpeó el agua con el manto y exclamó: ¿Dónde está el SEÑOR, el Dios de Elías? En cuanto golpeó el agua, el río se partió en dos, y Eliseo cruzó. Los profetas de Jericó, al verlo, exclamaron: ¡El espíritu de Elías se ha posado sobre Eliseo! Entonces fueron a su encuentro y se postraron ante él, rostro en tierra. **II Reyes 2:9-15**

Eliseo recibió lo que pidió la doble porción del espíritu de Elías. Era evidente que caminaba en la misma unción o dirección que Elías al abrir el Jordán, de la misma manera, solo que en este caso en una mayor medida para enfrentar y culminar el ministerio de su padre, que ahora también era el suyo, desde el momento en que Elías lo llamo para su servicio. Caminaron en asociación ministerial; este caminar con él fue suficiente como para poder asimilar el llamado de su padre espiritual.

Elías le dijo: "¡cosa difícil has pedido!" (Verso 10), en otras palabras, no es fácil lo que me estas pidiendo.

Muchas veces en ministraciones poderosas se le dice a la gente que reciba la unción, pero más que una unción lo que se recibe es una activación, ya que hay ciertos elementos que solo se reciben por medio del padre en el ministerio, estas son los elementos que me harán caminar en una doble porción.

Elías dijo a Eliseo: *"pero si logras verme cuando me separen de tu lado, te será concedido; de lo contrario, no…".* Eliseo tenía frente a él la última prueba para calificar como el sucesor de Elías. Lo impresionante de todo, es que Eliseo no recibió la doble porción por tomar el manto de Elías en sus manos ya que anteriormente su padre espiritual se lo había concedido:

Elías salió de allí y encontró a Eliseo hijo de Safat, que estaba arando. Había doce yuntas de bueyes en fila, y él mismo conducía la última. Elías pasó junto a Eliseo y arrojó su manto sobre él. **I Reyes 19:19**

Esto indica que había sido elegido y comisionado por Dios para ser el sucesor de Elías. Eliseo recibiría la doble porción si en el momento que Elías era alzado sobre los cielos, lograba ver o asimilar el llamamiento de su padre ministerial, aspecto que era realmente el que le tenía que transferir.

Ver[8], viene de la palabra hebrea "raá", que se traduce a nuestro español como: discernir, entender, reconocer, respeto, visión; también se traduce como percibir[9],

---

[8] e-Sword 10.1.0.0, Diccionario Strong en Español, H7200.
[9] e-Sword 10.1.0.0, Chávez, Moisés, Diccionario de Hebreo Bíblico, H7200

es decir, ver pero no con los ojos naturales. Igualmente este término, ver y mirar, se utiliza en *Génesis 27:1-4*, cuando Jacob ya siendo viejo llamó a Esaú para encomendarle una última tarea, para darle la bendición como su heredero. Además se traduce como conocer[10] en *Deuteronomio 33:9*, cuando Moisés bendice a la tribu de Leví, la cual por no tener heredad, sus habitantes parecían haber sido olvidados, pero fueron elegidos para llevar en su corazón el Urim y el Tumin para determinar la voluntad de Dios por haber tomado en cuenta la palabra de Dios más que a sus propios padres y familiares (*Éxodo 28:30*), así obedeciendo fielmente el Pacto Eterno establecido por Dios. Igualmente, Eliseo mediante una determinación similar, dejó la yunta de bueyes para corres tras Elías *(I Reyes 19:19)*. Jesús dio a conocer este tipo de llamado:

*El que quiere a su padre o a su madre más que a mí no es digno de mí; el que quiere a su hijo o a su hija más que a mí no es digno de mí; y el que no toma su cruz y me sigue no es digno de mí. **Mateo 10:37-38***

---

[10] e-Sword 10.1.0.0, Chávez, Moisés, Diccionario de Hebreo Bíblico, H7200

Esto nos ilumina el entendimiento para comprender que Eliseo tenía su última oportunidad para terminar de asimilar el llamado apostólico y profético de Elías y que sería sobre él.

Muchos se enfocan en los milagros, ven milagros, pero no ven, no asimilan el plan, diseño y propósito de Dios para su ministerio que nuestros padres espirituales tratan de revelarnos en medio del proceso.

Curiosamente no fue Elías el que se lo concedió, él fue arrebatado, el no estuvo ahí para preguntarle a Eliseo si lo había visto o no; fue Dios quien le concedió a Eliseo la doble porción del espíritu que tuvo su padre al lograr asimilar (elemento de transferencia), el llamado apostólico que ahora se le había transferido. Esto no quiere decir que es la regla y en todos los casos nuestro padre espiritual tendrá que ser arrebatado al cielo, sino más bien el principio asimilativo que tenemos que desarrollar para alcanzar lo que andemos persiguiendo.

3. Por caminar bajo diseño

Hay un dicho popular que dice "el que se echa con perros, con pulgas se levanta". En este caso, las pulgas necesitan ver las condiciones similares a las del perro para pasarse de un cuerpo a otro; en términos espirituales diríamos ¿qué necesitas tener formado en el espíritu para que la unción se pase de una vida a otra? Al pasarse las pulgas (la unción), esta necesitará un lugar para pegarse o adherirse; de lo contrario así como vino, así se irá.

La maldad fácilmente se pega en las vidas de las personas porque lamentablemente siempre encuentra de dónde afianzarse.

Después de haber logrado asimilar el llamado de nuestro padre espiritual, es cuando comenzamos a caminar en ese mismo diseño y lo hemos logrado comprender. Proféticamente, hemos podido plasmar en nuestro espíritu la idea de Dios, el diseño de Reino descodificado dentro de nuestros corazones; es ahí, donde la unción encuentra los componentes ideales para adherirse, para poder forjar en ti el perfil que Dios anda buscando para bendecirte y prosperarte. Esto fue lo que Eliseo alcanzó y por eso caminó en la misma dirección que Elías pero en una doble porción, para tener un mayor alcance.

Escrito está en Deuteronomio 28 y Marcos 16:17, que las bendiciones y los milagros nos seguirán, nos acompañarán y nos alcanzarán. Esto significa que nosotros somos los que iremos delante de ellas y no ellas delante de nosotros. Ciertamente hay bendiciones esperándonos en el camino de nuestra asignación, es ahí donde está todo lo que requerimos para prosperar y obtener todos los recursos que necesitamos para llevar a cabo la obra de Dios.

Las bendiciones y milagros están esperando en la medida que avancemos y caminemos en el diseño y propósito de Dios, estas nos comenzarán a perseguir. No se trata de perseguir las bendiciones, sino de ir en pos de nuestro destino profético.

Cuando se tiene clara nuestra asignación, caminamos en el propósito de Dios; todo lo que hagamos o digamos será porque nos ha sido asignado hacerlo y decirlo. Nada sucederá sino está en tu asignación; de lo contrario tratarás de forzar los milagros que nunca se llevarán a cabo; es por eso que la asimilación profética te ubica en donde debes estar y en donde debes trabajar conforme al diseño establecido para tu vida. Diseño[11] es sinónimo de: trazar, proyecto, concepción original, inspiración, descripción y disposición. Este tipo de elementos solo se consiguen a

---

[11] Microsoft Word, (España Internacional), Sinónimos: español.

través de un proceso de formación, no de permanecer sentados cinco, diez o veinte años en una silla en la iglesia, recibiendo toda clase de discipulado pero sin un propósito, sin ideas claras, sin visión, misión y disposición. Es aquí el momento en que la unción profética opera por medio de un profeta y padre espiritual, un ministro o una iglesia, atrayendo los diseños del Cielo, por medio de un don administrativo equilibrado para el servicio en el Reino; porque nuestro padre espiritual es aquel arquitecto y constructor que deberá de construir y edificar a los hijos en el ministerio:

Según la gracia que Dios me ha dado, yo, como maestro constructor, eché los cimientos, y otro construye sobre ellos. Pero cada uno tenga cuidado de cómo construye. **I Corintios 3:10**

Cuando se hace mención a un don administrativo equilibrado, me estoy refiriendo a alguien lo suficientemente maduro para ser capaz de activar, pero también de impartir, estas dos acciones resultan ser diferentes una de la otra. Los que activan rompen, despiertan lo que está dormido o inactivo en otros, pero el que imparte, delega autoridad y unción para hacer las mismas obras o mayores:

Ciertamente les aseguro que el que cree en mí las obras que yo hago también él las hará, y aun las hará mayores, porque yo vuelvo al Padre. **Juan 14:12**

Asimilamos el diseño de Dios cuando hemos podido plasmar en nuestro espíritu el esquema trazado por Dios (tu destino profético). Obtener la concepción original del plan original de Dios desde el principio, es saber leer el mapa, saber cambiar las piezas una vez empezado el partido, colocando y quitando los engranajes que le darán mayor movilidad a tu vida, familia y ministerio.

Nada me seguirá si sus diseños no me son revelados y nada me alcanzará si no son asimilados. Esto por cuanto si no tengo claro mi llamado, mi propósito, mi destino final, no puedo continuar el legado apostólico que me haya sido transferido debido a que no he podido asimilar el destino final de la labor encomendada.

Recordemos que cuando obtenemos una asignación, de igual forma obtenemos una unción; esta se adhiere al diseño que se nos ha revelado y plasmado en nuestro espíritu. Así bien, las bendiciones persiguen a la unción que hemos obtenido para llevar a cabo la voluntad del Padre.

Cuando logras asimilar proféticamente el diseño, todo lo que hagas y trates de hacer, será para poder concretar el diseño o la visión encomendada, o tu asignación dada por Dios.

Si no logro plasmar cada uno de estos detalles del diseño, ¿qué le entregaremos a la próxima generación?, un saco de dudas o una gama de revelaciones desplegadas en nuestra vida, sus vidas, familia y ministerio.

El mover apostólico y profético es para restaurar el principio generacional del Padre, volver los hijos a los padres y los padres a los hijos para preparar el camino del Mesías, esa fue la labor del profeta Juan el Bautista en quien reposaba el Espíritu de Elías. Fue Juan el Bautista quien preparó la plataforma profética para la venida del enviado del cielo; así mismo la preparación de Elías en la cueva fue para prepararle una plataforma a una nueva generación como Eliseo para derrocar y derribar toda manipulación demoniaca de Israel y del sistema de gobierno.

La unción profética, nos ayuda y nos capacita para bajar los diseños, pero también para asimilarlos, y una vez revelados en su totalidad será la unción apostólica que los llevará de la revelación a la realización. Es por eso que el proceso de formación de un hijo ministerial apostólico, forja en ti un ministro equilibrado, tanto en el poder como también en el carácter de Dios, para que te conviertas en un hacedor de milagros que sirvan nada más para preparar una plataforma profética para tu próxima generación; todo lo que haces y dices, es pensando en tú próxima generación, en como conectar a tu familia e hijos a la visión para que una vez que vean el diseño y logren asimilarlo, reciban esa doble porción, para llevar a cabo la obra tal como Dios originalmente desde la eternidad la estableció.

El problema radica en no poder asimilar en cuál etapa de transición está tu vida, porque no puedes ser un hijo de Dios que camina bajo la unción profética y apostólica solamente porque comenzaste a asistir a una iglesia apostólica y profética; solo venir y pasar sentado en una silla por años, no provocará cambios a menos que logres ver y asimilar el diseño. Es por eso que muchos no accionan, no actúan, no caminan, o patinan en el mismo charco. Estas personas necesitan un continuo empuje para que se muevan porque si no tarde o temprano terminan peleado con su hermano, su líder, su compañero o su pastor y conspirando contra el plan de Dios para el ministerio, su propia vida y el destino de su familia generacionalmente hablando.

Bíblicamente diseño[12] (algo revelado por Dios – Éxodo 25:9) es sinónimo de:

A. Figura: estructura de hombres (Deuteronomio 4:16)
B. Modelo: algo semejante a lo establecido. La raíz de la palabra diseño[13] (*baw-naw*) significa: construir, cimiento, edificar, fabricar, construir, levantar, prosperar, reedificar, reparar, restablecer, restaurar. Diseño[14] también se traducía generalmente como ser edificado, asociado con casa y derivado de la palabra "hijo", significando "tener hijos" o "ser bendecido con el nacimiento de un hijo":

Saray le dijo a Abram: El SEÑOR me ha hecho estéril. Por lo tanto, ve y acuéstate con mi esclava Agar. Tal vez por medio de ella podré tener hijos. Abram aceptó la propuesta que le hizo Saray. **Génesis 16:2**

---

[12] e-Sword 10.1.0.0, Chávez, Moisés, Diccionario de Hebreo Bíblico, H8403.
[13] e-Sword 10.1.0.0, Diccionario Strong en Español, H1129.
[14] e-Sword 10.1.0.0, Chávez, Moisés, Diccionario de Hebreo Bíblico, H1129.

En otras palabras, asimilar y comprender el diseño apostólico de nuestros líderes y padres, es lo que nos hace verdaderamente hijos en el ministerio.

Ilustrando lo que Sara le dijo a Abraham en Génesis 16:2, Sara comprendía perfectamente que para poner en marcha el plan, la promesa y el diseño de Dios, Abraham necesitaba un hijo; de igual manera los padres apostólicos necesitan hijos en el ministerio y a su vez los hijos puedan comprender el diseño dado por Dios a nuestro padre espiritual para caminar como herederos.

El hombre edifica sus estructuras conforme a las figuras terrenales para llevar a cabo sus propósitos por medio de ídolos, sistemas o ideologías políticas, económicas, etc., basados en una cultura terrenal; no obstante, el hombre de Dios edifica un modelo para los hijos espirituales basado en el diseño apostólico y profético del Reino de Dios (cultura celestial):

Edificados sobre el fundamento de los apóstoles y los profetas, siendo Cristo Jesús mismo la piedra angular. En él todo el edificio, bien armado, se va levantando para llegar a ser un templo santo en el Señor. En él también ustedes son edificados juntamente para ser morada de Dios por su Espíritu. **Efesios 2:20**

Necesitas ser activado proféticamente (en la unción profética) para asimilar poco a poco sus diseños.

El tipo de fundamento que tengas determina el nivel con que asimilamos las cosas, Unos construyen su propio templo donde todo se debe hacer como ellos quieren y como ellos dicen o desean y no conforme a los propósitos y diseños de Dios.

No eres hijo por llegar a un ministerio apostólico, o bien, por caminar a la par de alguien con una unción extraordinaria, sino más bien porque alguien te ha parido en el ministerio, simbolizando el nuevo nacimiento de un hijo espiritual por haber comprendido el corazón de quién te ha adoptado ministerialmente. No es nacer de nuevo, sino nacer en el ministerio a la sombra y la cobertura de un padre:

Queridos hijos, por quienes vuelvo a sufrir dolores de parto hasta que Cristo sea formado en ustedes. **Gálatas 4:19**

Esto no se trata de criticarnos los unos a los otros, o quien sabe más que el otro, sino de llevar a cabo en el plan de Dios, lo diseñado y predestinado desde antes de la fundación del mundo:

...Es cierto que su trabajo quedó terminado con la creación del mundo.
Hebreos 4:3b

Cuando no se camina según el diseño, alguien dice que "Dios le dijo" y en vez de producir edificación puede causar destrucción por no hablar ni caminar conforme a lo que Dios ha establecido; otros, dejarán las obras sin terminar, solo se tratará del arranque o emoción al inicio y después dejarán todo, tomarán la responsabilidad y después le tirarán la carga a otros, terminarán justificando sus actos por esto y por aquello; sin el carácter suficiente para mantenerse firmes y constantes en su llamado.

Según I Reyes, capítulo 19, Elías hizo todo tipo de milagros y demostración de poder del Reino de Los Cielos, pero por su falta de equilibrio ministerial no tenía la capacitad para enfrentar a Jezabel quien estaba en contra de todo el plan de Dios. En la cueva a la que Elías "huyo" no fue más que para terminar de ser formado. Al salir de allí, sabía que estaba preparado para enfrentar a Jezabel; de este modo, Dios tenía un plan, "Dios preparó a Elías, pero para la próxima generación, ya que aunque le hubiese gustado enfrentarse a Jezabel, la hora soberana de Dios sobre Eliseo había llegado; Dios le dio instrucciones a Elías para ungir al próximo rey de Siria (Jazael) y de Israel (Jehú) y a Eliseo. Elías solamente ungió a Eliseo, aparentemente pareciera no haber hecho conforme a lo que Dios le había encomendado, pero Elías sabía que aquel siervo fiel el cual poco a poco asimilaba el conocimiento, iba a ser capaz de terminar lo que Dios le había encomendado, *(2 Reyes 2:1-5). Lo probó* en tres ocasiones puesto que le sugirió que se quedara en Guilgal, Betel, Jericó, pero Eliseo había decido llegar al final del proceso. Llegado el momento realizó la labor que logró asimilar antes de que Elías partiera de esta tierra, Eliseo asimiló esa labor pendiente de su padre y guía ministerial para llevarla a cabo.

Eliseo no solo aprendió de Elías el diseño apostólico de padre, sino también lo ejecutó en otros:

Un día, el profeta Eliseo llamó a un miembro de la comunidad de los profetas. Arréglate la ropa para viajar le ordenó. Toma este frasco de aceite y ve a Ramot de Galaad. Cuando llegues, busca a Jehú, hijo de Josafat y nieto de Nimsi. Ve a donde esté, apártalo de sus compañeros y llévalo a un cuarto. Toma entonces el frasco, derrama el aceite sobre su cabeza y declárale: "Así dice el SEÑOR: 'Ahora te unjo como rey de

Israel."' Luego abre la puerta y huye; ¡no te detengas! **II Reyes 9:1-3**

Eliseo caminó en la misma dirección y diseño en que anduvo Elías, de igual forma todos los que ahora estaban a su tutela.

Comúnmente se dice que al morir Eliseo, este no transfirió esa doble porción del espíritu que había recibido de parte de Elías, ya que aún muerto el poder continuaba sobre sus huesos *(II Reyes 13:21)*; sin embargo, por revelación creo que no hubo alguien que hubiese tenido la misma osadía que Eliseo tuvo para conquistar la unción de su padre espiritual: ***"vive YAHWEH y vive tu alma que nunca te dejaré" (II Reyes 2.2.).*** Esto no significa que nunca seremos enviados o que estaremos siempre en la misma congregación todo el tiempo, sino más bien, que no dejaremos de caminar bajo la cobertura apostólica de nuestro padre espiritual quien fue elegido por Dios, no por nuestra elección, sino la de nuestro Dios.

Capítulo IV

El Hombre: un Proceso Generacional de Dios

En primer lugar quiero mencionar como fundamento al tema que los proyectos de corto proceso, son de corta duración; sin embargo, a Dios le urge levantar a una nueva generación que camine paralelamente al diseño de Dios, por eso dice la Palabra que Él acortará los tiempos por causa de sus escogidos. *(Mateo 24:22)*

Eso no significa que se acortarán los procesos, sino que los acelerará por amor, eso sí, ya no habrá tiempo para llorar o lamentarse de lo que no hicimos porque los tiempos serán acortados. La regla de Dios no es hacerlo todo de inmediato; ahora bien, cuando algo sucede de inmediato es porque eventualmente ha habido un proceso.

Para Dios hacer emerger una nueva generación, tiene que llevar la presente a su máximo nivel o clímax para que la generación emergente camine sobre nuevos niveles y dimensiones de mayor alcance y mejores obras, por eso Dios es un Dios de procesos.

En la actualidad, se necesitan hombres y mujeres que entiendan y caminen en los propósitos de Dios y sepan esperar en Él:

Sin embargo, como está escrito: «Ningún ojo ha visto, ningún oído ha escuchado, ninguna mente humana ha concebido lo que Dios ha preparado para quienes lo aman. **I Corintios 2:9**

El apóstol Pablo hace referencia a que Dios es un Dios que desde antes de la fundación del mundo tiene todo preparado para los que le aman; citando al profeta *Isaías* en el capítulo *64:4,* el profeta Isaías dice "a los que esperan o confían en Dios" y Pablo dice que los que aman a Dios.

Esperar[15] proviene de la palabra hebrea kjaká que también se traduce como: propiamente adherirse a; de aquí esperar; confiar, esperar.

Esperar[16] es sinónimo de: dar tiempo al tiempo, hacer antesala, salir al camino, ir al encuentro, estar a la expectativa, tomarse el tiempo.

---

[15] e-Sword 10.1.0.0, Diccionario Strong en Español, H2442.
[16] Microsoft Word, (España Internacional), Sinónimos: español.

El contexto en el cual el apóstol Pablo y el profeta Isaías mencionan dichas palabras, se basa en saber esperar tomando como punto de partida el amor de Dios:

Por eso el SEÑOR los espera, para tenerles piedad; por eso se levanta para mostrarles compasión. Porque el SEÑOR es un Dios de justicia. ¡Dichosos todos los que en él esperan! **Isaías 30:18**

Con base en lo anterior, podríamos decir que esperar significa propiamente adherirse y confiar en aquello que Dios te ha revelado, entendido en lo que Dios quiere, ha planeado y desea hacer contigo desde antes de la fundación del mundo y es algo que nadie ha escuchado, oído o concebido, pero que a ti se te ha confiado para estar a la expectativa de lo que Dios quiere con tu vida, familia, amigos, circunstancias, tiempo y territorio; así cuando llegue el momento podrás o sabrás anticiparte a lo que Dios te ha prometido.

Lo que Dios ha planeado es de larga duración, es por la eternidad, pero se debe confiar en Él tomando como punto de partida lo que se nos ha revelado por su gran amor para con nosotros:

Lo secreto le pertenece al SEÑOR nuestro Dios, pero lo revelado nos pertenece a nosotros y a nuestros hijos

para siempre, para que obedezcamos todas las palabras de esta ley.
Deuteronomio 29:29

Conforme a esto podemos decir con seguridad que este principio es la causa por la cual el mundo no puede dar referencias de lo que somos. El pensamiento humano encasilla a las personas en una mentalidad humanista, tratando de opacar lo que verdaderamente representamos. En el pensamiento humano eres desechado cuando ya no te necesitan, pero en el Reino de Los Cielos sigues siendo el proyecto de Dios:

Pero Dios escogió lo insensato del mundo para avergonzar a los sabios, y escogió lo débil del mundo para avergonzar a los poderosos. **I Corintios 1:27**

Dios ha planeado, predestinado y preparado todo desde antes de la fundación del mundo para que todo lo que recibas sea de larga duración. Él no hace nada por casualidad ni al azar, Él es un Dios de orden y todo está debidamente calculado con precisión para tomar su lugar y para esta labor es que nos ha llamado.

Dios quiere que entres en el orden que Él mismo ha predestinado para ti:

- Siendo cabeza y no cola.

- Arriba solamente y no debajo
- En bendición y no en maldición.
- En victoria y no en derrota.

Somos llamados y ungidos para dar las debidas referencias de lo que Dios quiere con cada generación.

Para poder explicar mejor el concepto vamos a tomar como ejemplo nuevamente la vida de Abraham:

El SEÑOR le dijo a Abram: Deja tu tierra, tus parientes y la casa de tu padre, y vete a la tierra que te mostraré. Haré de ti una nación grande, y te bendeciré; haré famoso tu nombre, y serás una bendición. Bendeciré a los que te bendigan y maldeciré a los que te maldigan; ¡por medio de ti serán bendecidas todas las familias de la tierra! **Génesis 12:1-3**

Dios le dice a Abraham que deje su tierra, parientes y la casa de su padre. Claramente podemos comprender que Abraham tenía que dejar la tierra de origen como también los parientes y casa. Parentela y casa de tu padre son dos términos que aunque tienen relación no cuentan con el mismo significado.

Parentela[17] se refiere a la familia con la cual actualmente convivía, la casa[18] de su padre indica el corte familiar o dinastía del cual desciende.

En otras palabras Dios le estaba diciendo, renuncia a tu dinastía, al administrador y a la mayordomía generacional donde te han formado, donde te han edificado y de la cual hoy dependes y moras, y ve a la tierra que yo te mostraré. Dios le estaba diciendo a Abraham, hasta hoy perteneces a una generación maldita, porque todo aquel que te maldiga los maldeciré, y los que te bendigan, los bendeciré, porque por medio de ti (simiente), serán benditas todas las familias de la tierra, a través de ti introduciré una nueva genética en la vida del ser humano, y ya conocemos el resto de la historia.

Dios puso en marcha un proyecto a través de la vida de Abraham y ese proyecto todavía continúa con cada uno de nosotros.

Jesús vino a consumar la promesa a través de su sangre para poder entrar en el Pacto

―――――――――――――――――――――

[17] e-Sword 10.1.0.0, Chávez, Moisés, Diccionario de Hebreo Bíblico, H4138.
[18] e-Sword 10.1.0.0, Chávez, Moisés, Diccionario de Hebreo Bíblico, H1004.

Eterno que un día Yahweh juró a nuestro antepasado Abraham *(hebreos 6:13),* y de esta manera poder darle continuidad a este gran proyecto:

Así que los que viven por la fe son bendecidos junto con Abraham, el hombre de fe. Así sucedió, para que, por medio de Cristo Jesús, la bendición prometida a Abraham llegara a las naciones, y para que por la fe recibiéramos el Espíritu según la promesa **Gálatas 3:9; 14**

Por medio de la fe en Jesús es que podemos entrar en pacto con Dios a través de su Sangre, y al entrar en pacto es que podemos establecer un punto de contacto entre Dios y nuestra descendencia; es así como ahora somos herederos de las promesas dadas a nuestro padre espiritual Abraham.

Abraham era un hombre de pacto, él le creyó a Dios y su fe le fue contada por justicia y no porque sintió que lo que Dios dijo era cierto, sino porque le dio todo lo que Él pidió e hizo todo lo que Él le mandó a hacer. *Cuando entras en pacto con Dios es porque le has dado lo que te ha pedido y has hecho lo que te ha mandado.*

Dios dio lo que nosotros necesitábamos e hizo lo que tenía que hacer por nuestra vida, no porque lo mereciéramos, sino porque alguien (Jesús) llenó los requisitos que Él estaba demandando para cumplir su pacto. Tanto Abraham como Jesús tuvieron que ser probados; cuando entras en pacto no es para hacer tu voluntad o para gobernar para tu propio beneficio, sino para Dios. Jesús dijo: no estoy aquí para ser servido, sino para servir a otros *(Mateo 20:28);* en otras palabras, no he venido a servir para mi propio beneficio, sino para el beneficio de otros conforme a la voluntad del Padre.

Ana fue una mujer de pacto (I Samuel: 1), le oró y clamó a Dios por un hijo (Samuel), fue al altar por un hijo, su esterilidad, su maldición le fue quitada y consagró a Samuel como profeta desde su vientre porque estaba decidida a entrar en pacto con Dios.

Si eres un hombre de Dios decidido a entrar en el Pacto Eterno, es probable que haya cosas que todavía no veas realizadas, pero se están consagrando en tu vientre por causa tu obediencia y determinación.

Para Abraham, la maldición de su casa (dinastía) y parentela no se rompió sino hasta que entró en pacto con Dios.

Rahab la ramera, era una mujer con revelación, decidió ayudar al pueblo de

Israel para la conquista de Jericó *(Josué 2; Hebreos 11:31)*. Esta mujer no era parte del pueblo de Dios, no era nadie en Jericó, pero Dios redimió su descendencia porque entendió quién estaba a favor de Dios; abandonó Jericó y entró en pacto con el pueblo de Israel. Este acto heroico, pero sobre todo un acto de compromiso y pacto, la llevó a aparecer en la genealogía del Cordero de Dios *(Mateo 1:5; Santiago 2:25)*. Según las tradiciones antiguas y orientales una mujer jamás sería tomada en cuenta como parte de una genealogía, esa era una potestad exclusiva para un hombre, pero en el camino, la fe de esta mujer hizo la diferencia en medio de una cultura.

Ahora bien, las escrituras confirman esta acción de misericordia y pacto para con los gentiles:

Así lo dice Dios en el libro de Oseas: Llamaré "mi pueblo" a los que no son mi pueblo; y llamaré "mi amada" a la que no es mi amada, Y sucederá que en el mismo lugar donde se les dijo: «Ustedes no son mi pueblo", serán llamados "hijos del Dios viviente". **Romanos 9:25-26**

Dios ha planeado todo y se hará conforme Él lo ha dicho, no como nosotros queramos, sino como Él desde el principio lo ha predestinado:

*Así es también la palabra que sale de mi boca: No volverá a mí vacía, sino que hará lo que yo deseo y cumplirá con mis propósitos. **Isaías 55:11***

Jesús mismo dio a conocer este principio con sus discípulos:

*El que quiere a su padre o a su madre más que a mí no es digno de mí; el que quiere a su hijo o a su hija más que a mí no es digno de mí; y el que no toma su cruz y me sigue no es digno de mí. **Mateo 10:37***

Jesús estaba estableciendo un nivel de pacto con sus discípulos para poder ejecutar a través de sus vidas el plan de redención-del Padre para la humanidad.

En nuestro tiempo no es la excepción, debemos entender el plan generacional de Dios para ser introducidos y para introducir a otros en el Pacto Eterno que Dios ha provisto para con la humanidad. No son las estructuras religiosas el modelo de Dios para darle continuidad a su proyecto, sino la vida del hombre diseñada por Dios la que llevará a feliz término lo que Dios ha planeado desde la eternidad.

CAPITULO V

Legado Apostólico: Elementos De Transferencia

El Evangelio del Reino está conformado por un conjunto de ideas, pensamientos y principios de Dios para el hombre, traducido en mandamiento, leyes y preceptos que han salido del corazón de Dios para la humanidad:

Y dijo: Hagamos al ser humano a nuestra imagen y semejanza. Que tenga dominio sobre los peces del mar, y sobre las aves del cielo; sobre los animales domésticos, sobre los animales salvajes y sobre todos los reptiles que se arrastran por el suelo.
Génesis 1:26

Porque yo sé muy bien los planes que tengo para ustedes afirma el SEÑOR, planes de bienestar y no de calamidad, a fin de darles un futuro y una esperanza.
Jeremías 29:11

Estos principios deben permanecer de generación en generación para darle continuidad a todo el proceso generacional de redención y transformación continua de la iglesia del Señor, con el fin de mantener intacta la esencia del mensaje en cada corazón, sin pervertir el camino, que desde siempre ha sido destinado para el hombre; de esta manera, la gloria postrera será mayor que la primera, igualmente, nunca olvidar las bondades de nuestro Dios al hacer memoria en todo momento de que es Él quien nos ha levantado y hecho prosperar en nuestro caminar:

Éstos son los mandamientos, preceptos y normas que el SEÑOR tu Dios mandó que yo te enseñara, para que los pongas en práctica en la tierra de la que vas a tomar posesión, para que durante toda tu vida tú y tus hijos y tus nietos honren al SEÑOR tu Dios cumpliendo todos los preceptos y mandamientos que te doy, y para que disfrutes de larga vida. Escucha, Israel, y esfuérzate en obedecer. Así te irá bien y serás un pueblo muy numeroso en la tierra donde abundan la leche y la miel, tal como te lo prometió el SEÑOR, el Dios de tus antepasados. Escucha, Israel: El SEÑOR nuestro Dios es el único SEÑOR. Ama al SEÑOR tu Dios con todo tu corazón y con toda tu alma y con todas tus fuerzas. Grábate en el corazón estas palabras que hoy te mando. Incúlcaselas continuamente a tus hijos. Háblales de ellas cuando estés en tu casa y cuando vayas por el camino, cuando te acuestes y cuando te levantes. Átalas a tus manos como un signo; llévalas en tu frente como una marca; escríbelas en los postes de tu casa y en los portones de tus ciudades. El

SEÑOR tu Dios te hará entrar en la tierra que les juró a tus antepasados Abraham, Isaac y Jacob. Es una tierra con ciudades grandes y prósperas que tú no edificaste, con casas llenas de toda clase de bienes que tú no acumulaste, con cisternas que no cavaste, y con viñas y olivares que no plantaste. Cuando comas de ellas y te sacies, cuídate de no olvidarte del SEÑOR, que te sacó de Egipto, la tierra donde viviste en esclavitud.
Deuteronomio 6:1-12

Para cada generación existe una revelación específica de la palabra de Dios y a la vez, se da para una tarea específica, esto según el orden y plan predestinado por Dios; por lo tanto, en medio del camino hay que restaurar ciertos valores en diferentes ámbitos que nos permitan vincular una generación con otra, así darle prolongación a la expansión del Reino de Los Cielos sobre las naciones de la tierra.

Estamos en tiempos donde se han revelado impresionantes misterios que han desatado un mover espiritual del poder sobrenatural de Dios, basado en el diseño apostólico y profético del Reino de Los Cielos; sería lamentable que lo restaurado hasta el momento se perdieran con el tiempo como ha sucedido tiempo atrás en la historia de la iglesia.

Los elementos de transferencia no son elementos desconocidos, sino más bien que no han sido llevados a la dimensión requerida, ni desarrollados en la plenitud de los diferentes ambientes provistos para la familiaridad entre una generación y otra.

Los elementos los podemos encontrar en **Gálatas 5:22-23:**

En cambio, el fruto del Espíritu es amor, alegría, paz, paciencia, amabilidad, bondad, fidelidad, humildad y dominio propio. No hay ley que condene estas cosas.

Los frutos del Espíritu Santo fueron provistos no como una posibilidad, ni como una opción, sino para que vivamos mediante el Espíritu que nos da la vida:

Si el Espíritu nos da vida, andemos guiados por el Espíritu. **Gálatas 5:25**

Estos elementos son tan reveladores y profundos de lo que nadie se lo imagina.

Curiosamente en los versículos del 19 al 21 del capítulo 5 de Gálatas se nos menciona los frutos de la carne; además dice que los que practican tales cosas no heredarán el Reino de Dios; eso significa que quienes practiquen o vivan conforme al Espíritu (frutos), si heredarán las verdades del Reino de los Cielos. Dicho en otras palabras, sin estos elementos formados en nuestros corazones, sería imposible heredar un legado que debe pasar de generación en generación.

1. Gálatas 5:22-23 desde el punto de vista apostólico

A continuación vamos a desglosar lo que este pasaje bíblico nos muestra:

A. Frutos[19]**:** Se traduce de la palabra griega "karpós" que significa: resultar en beneficio, descendencia, fruto. Dicho de otra manera: el fruto es el resultado y el beneficio que recibirá una descendencia.

B. Amor: es el **vínculo** perfecto según Colosenses 3:14. El amor no tiene que ver con un sentimiento, sino con lo que somos o en lo que nos hemos convertido:

*El que no ama no conoce a Dios, porque Dios es amor. **I Juan 4:8.***

Si Dios es amor, somos también llamados a serlo, no podemos fingirlo, no se

---

[19] e-Sword 10.1.0.0, Diccionario Strong en Español, G2590.

extingue, todo cesará, pero el amor permanecerá para siempre *(I Corintios 13:8)*. Una vez que su amor nos toca, nunca llegaremos a ser los mismos, dejamos de ser lo que antes fuimos, quienes nos conocieron no nos podrán reconocer, porque hemos sido transformados.

Según I Corintios 13, de nada serviría saber todos los misterios, hablar en lenguas, profetizar, entre otros, si no tenemos amor pues sin amor nada somos, nada nos podría vincular al corazón de nuestro padre o conocer el verdadero propósito de un legado, si no existe el amor entre un padre y un hijo.

C. Gozo[20]: Se traduce de la palabra griega "jará" que significa: deleite, alegría y gozo.

a) El gozo es algo que ciertamente vincula el hijo con el corazón de su padre, siempre y cuando estos caminan según la verdad, para así tomar parte de las pertenencias del padre espiritual:

Nada me produce más alegría que oír que mis hijos practican la verdad.

---

[20] e-Sword 10.1.0.0, Diccionario Strong en Español, G5479.

III Juan 1:4

Su señor le respondió: "¡Hiciste bien, siervo bueno y fiel! En lo poco has sido fiel; te pondré a cargo de mucho más. ¡Ven a compartir[21] (colaborar, participar, tomar parte) la felicidad de tu señor! **Mateo 25:21**

b) Una de las tareas de un padre espiritual es completar el gozo de sus hijos en el ministerio; así mismo, producir un acercamiento y conexión espiritual que mantiene al padre consiente de la necesidad de invertir el tiempo y los recursos necesarios para el desarrollo espiritual de los hijos:

Aunque tengo muchas cosas que decirles, no he querido hacerlo por escrito, pues espero visitarlos y hablar personalmente con ustedes para que nuestra alegría sea completa. **II Juan 1:12**

c) El gozo es símbolo de confianza:

Me alegro de que puedo confiar plenamente en ustedes. **II Corintios 7:16**

---

[21] Microsoft Word, (España Internacional), Sinónimos: español.

d) El gozo es una provocación e incentivo espiritual extra para convertirnos en imitadores de lo que por medio de nuestro padre se nos revele:

Ustedes se hicieron imitadores nuestros y del Señor cuando, a pesar de mucho sufrimiento, recibieron el mensaje con la alegría que infunde el Espíritu Santo. I **Tesalonicenses 1:6**

e) Del gozo emergen las instrucciones oportunas para un hijo ministerial en medio de cualquier tipo de circunstancias:

Hermanos míos, considérense muy dichosos[22] (sumo gozo) cuando tengan que enfrentarse con diversas pruebas. **Santiago 1:2**

D. Paz[23]: Se traduce de la palabra hebrea Shalóm que significa: mi hombre de confianza o íntimo amigo, bienestar, integridad y cobertura.

Esto nos amplía el concepto de lo que es paz, ya que si existe este elemento en medio de una relación ministerial de

---

[22] e-Sword 10.1.0.0, Biblia Reina Valera 1960.
[23] e-Sword 10.1.0.0, Chávez, Moisés, Diccionario de Hebreo Bíblico, H7965.

cobertura y pacto, tenemos la seguridad espiritual y la valentía que nos hace alguien íntimo y capaz de sobrellevar el bienestar e integridad, reputación y el buen nombre de nuestro padre espiritual sobre nuestros hombros:

La paz les dejo; mi paz les doy. Yo no se la doy a ustedes como la da el mundo. No se angustien ni se acobarden. **Juan 14:27**

a) Tenemos garantía de vivir y servir confiados en lo que estemos edificando:

Pongan en práctica lo que de mí han aprendido, recibido y oído, y lo que han visto en mí, y el Dios de paz estará con ustedes. **Filipenses 4:9**

b) La paz nos trae claridad, orden, precisión, iluminación, pureza y santificación en nuestra labores ministeriales:

Porque Dios no es un Dios de desorden sino de paz. Como es costumbre en las congregaciones de los creyentes. **I Corintios 14:33**

Que Dios mismo, el Dios de paz, los santifique por completo, y conserve todo su ser espíritu, alma y cuerpo irreprochable para la venida de nuestro Señor Jesucristo. **I Tesalonicenses 5:23**

Y la paz de Dios, que sobrepasa todo entendimiento, cuidará sus corazones y sus pensamientos en Cristo Jesús.
Filipenses 4:7

c) La paz también es un vínculo espiritual:

Esfuércense por mantener la unidad del Espíritu mediante el vínculo de la paz.
Efesios 4:3

d) Nos prepara con firmeza para anunciar y proclamar el Evangelio que también es de paz:

Y calzados con la disposición de proclamar el evangelio de la paz. **Efesios 6:15**

f) Gobierno de Dios sobre nuestras vidas:

Que gobierne en sus corazones la paz de Cristo, a la cual fueron llamados en un solo cuerpo. Y sean agradecidos.
Colosenses 3:15

E. Paciencia[24]**:** Se traduce de la palabra griega "makrodsumia" que significa: longanimidad, soporte, aguante, templanza.

a) Nos produce ecuanimidad para poder caminar en justicia, prosperidad, equidad y legítimamente sin saltarnos el proceso:

Y la constancia debe llevar a feliz término la obra, para que sean perfectos e íntegros, sin que les falte nada. **Santiago 1:4**

b) Evidencia las señales apostólica sobre nuestras vidas:

Las marcas distintivas de un apóstol, tales como señales, prodigios y milagros, se dieron constantemente[25] *(toda paciencia) entre ustedes.* **II Corintios 12:12**

F. Benignidad[26]**:** Se traduce de la palabra griega "jrestótes" que significa: ser amable, excelencia moralmente (en carácter o presencia).

---

[24] e-Sword 10.1.0.0, Diccionario Strong en español, G3115.
[25] e-Sword 10.1.0.0, Biblia Reina Valera 1960.
[26] e-Sword 10.1.0.0, Diccionario Strong en español, G5544.

Es un deseo profundo de hacer lo bueno y correcto delante de Dios, aun en contra de todo tipo de presión a la que podamos ser sometidos; siempre desearemos hacer el bien conforme a la voluntad del Padre:

Y ésta es la palabra del evangelio que se les ha anunciado a ustedes. Por lo tanto, abandonando toda maldad y todo engaño, hipocresía, envidias y toda calumnia, deseen con ansias la leche pura de la palabra, como niños recién nacidos. Así, por medio de ella, crecerán en su salvación, ahora que han probado lo bueno[27] (benignidad) que es el Señor. **I Pedro 2:1-3**

G. Bondad[28]: Se traduce de la palabra griega "agadsosune" que significa: virtud, también de la palabra primaria "agadsos" favor, bien, buenas cosas, es comparado con la palabra "kalós" que significa: virtuoso, recto, honradamente, honroso, las que son sinónimo de misericordia[29].

---

[27] e-Sword 10.1.0.0, Biblia Reina Valera 1960.

[28] e-Sword 10.1.0.0, Diccionario Strong en español, G19, G18, G2570.

[29] Microsoft Word, (España Internacional), Sinónimos: español.

a) En términos de gobierno local, se refieren a estar capacitados para instruir los unos a los otros:

Por mi parte, hermanos míos, estoy seguro de que ustedes mismos rebosan de bondad, abundan en conocimiento y están capacitados para instruirse unos a otros. **Romanos 15:14**

b) Es la manifestación visible de la misericordia de Dios sobre nuestras vidas:

Pero cuando se manifestaron la bondad y el amor de Dios nuestro Salvador, él nos salvó, no por nuestras propias obras de justicia sino por su misericordia. Nos salvó mediante el lavamiento de la regeneración y de la renovación por el Espíritu Santo. **Tito 3:4-5**

H. Fidelidad[30]: Se traduce de la palabra griega "pístis" que significa: credibilidad, convicción, fiel. También de la palabra griega "peídso" que significa: obedecer, pensar, seguro, creer y dar.

a) Nos ayuda a tener nuestras convicciones claras:

---

[30] e-Sword 10.1.0.0, Diccionario Strong en español, G4102, G3982.

Ahora bien, la fe es la garantía de lo que se espera, la certeza de lo que no se ve. **Hebreos 11:1**

b) Adquirimos capacidad para ejecutar una labor apostólica por delegación:

Con este propósito les envié a Timoteo, mi amado y fiel hijo en el Señor. Él les recordará mi manera de comportarme en Cristo Jesús, como enseño por todas partes y en todas las iglesias. **I Corintios 4:17**

I. **Mansedumbre o humildad**[31]: es sinónimo de sumisión, acatamiento, respeto, rendimiento, disciplina y reverencia. Podemos decir que es tener la capacidad de vivir con sometimiento a la autoridad.

a) Nos da capacidad para ser enseñables, recibir instrucciones, sabiduría y entendimiento:

Por esto, despójense de toda inmundicia y de la maldad que tanto abunda, para que puedan recibir con humildad la palabra sembrada en ustedes, la cual

---

[31] Microsoft Word, (España Internacional), Sinónimos: español.

tiene poder para salvarles la vida.
Santiago 1:21

No dejemos que la vanidad nos lleve a irritarnos y a envidiarnos unos a otros.
Gálatas 5:26

b) Refleja nuestra madurez como hijos ministeriales:

Lo que soportan es para su disciplina, pues Dios los está tratando como a hijos. ¿Qué hijo hay a quien el padre no disciplina? **Hebreos 12:7**

J. **Templanza o Dominio propio**[32]: sinónimo de señorío, mando, potestad, jurisdicción, gobierno y dirección.

a) Esta nos da la capacidad de auto disciplinarnos para un fin específico, capacidad para corregir y enseñar con el propósito de ejercer un gobierno justo en la congregación. *(I Timoteo 3)*

b) También nos mantiene consiente del Espíritu que nos gobierna y que se nos ha sido impartido:

---

[32] Microsoft Word, (España Internacional), Sinónimos: español.

Pues Dios no nos ha dado un espíritu de timidez, sino de poder, de amor y de dominio propio. **II Timoteo 1:7**

c) Capacidad para arrebatar y manifestar el Reino de Dios:

Desde los días de Juan el Bautista hasta ahora, el reino de los cielos ha venido avanzando contra viento y marea, y los que se esfuerzan logran aferrarse a él. **Mateo 11:12**

Todos estos elementos son aquellos con los cuales construimos y establecemos relaciones, siendo esta la capacidad más grande que se nos ha dado, con la cual fuimos reconciliados con Dios por medio del Señor Jesús, Él restauró la relación que había sido interrumpida por medio del pecado y la desobediencia del hombre.

Es probable que se tenga otro tipo de revelación más profunda acerca de los frutos del Espíritu Santo, pero la intención principal es dar a conocer una perspectiva apostólica de estos componentes de transmisión.

2. Ámbitos de Implementación y Desarrollo

Existen diferentes ámbitos en los cuales se desarrollan estos elementos, el punto no radica, en la falta de conocimiento de los frutos del Espíritu, sino en la implementación correcta de los diferentes ámbitos que se enumeran a continuación:

A. **Familia:** es el diseño de Dios para las naciones.
B. **Iglesia o Congregación:** es el resultado de la consolidación familiar del Reino
C. **Ministerio:** es donde las cabezas ministeriales toman las decisiones y ejercen su autoridad sobre las familias que conforman el pueblo.

La implementación de estos ámbitos representa un ciclo cotidiano que no se debe romper, sino que más bien debe fluir continuamente para revelar los propósitos de Dios en medio de la comunidad de los santos.

En los diferentes ámbitos se dan diferentes manifestaciones pero cada uno está relacionado entre sí. Se sabe que no podríamos tener una congregación sana sino tenemos familias restauradas; además, no podríamos tener familias restauradas si no hay relaciones ministeriales sanas, una depende de la otra.

En cada ámbito hay grandes deficiencias, pero curiosamente en el ámbito ministerial existen divisiones entre pastores y líderes, entre congregaciones y grupos, lo que provoca celos ministeriales, envidias, críticas, falta de unidad y es casi imposible unificar ministros con el fin de ejecutar un plan para una nación; cada uno se preocupa por sus propios intereses con un pensamiento individualista en el ministerio. Esto es preocupante porque afecta seriamente a las familias que deberán consolidarse para el sano crecimiento y expansión de una congregación a las naciones.

Al no contarse con una unidad ministerial requerida, esto también afecta el enlace generacional, ya que este tipo de manifestaciones reflejadas en el liderazgo no van de acuerdo con los elementos de transferencia que mantendrán en vigencia el ambiente propicio para entrelazar las ideas, pensamientos, unción, enseñanza, entre otros; contrario a esto, se transfiere división y competencia entre el pueblo de Dios. Esto es lo que ha perjudicado el transicional de la iglesia por generaciones; no es nada nuevo, ya que lo podemos ver manifestado desde la época de la primera iglesia:

Les suplico, hermanos, en el nombre de nuestro Señor Jesucristo, que todos vivan en armonía y que no haya divisiones entre ustedes, sino que se mantengan unidos en un mismo pensar y en un mismo propósito. Digo esto, hermanos míos, porque algunos de la familia de Cloé me han informado que hay rivalidades entre ustedes. Me refiero a que unos dicen: Yo sigo a Pablo; otros afirman: Yo, a Apolos; otros: Yo, a Cefas; y otros: Yo, a Cristo. **I Corintios 1:10-12**

En definitiva, existen diferentes corrientes apostólicas en el cuerpo del Señor, pero cada una aporta un componente especial para la edificación de la iglesia:

El mismo Dios que facultó a Pedro como apóstol de los judíos me facultó también a mí como apóstol de los gentiles. **Gálatas 2:8**

Desde la reforma protestante han surgido grandes hombres de Dios en la historia con un llamado específico y poderoso para la iglesia, pero la división ha persistido a tal punto que en el presente se cuenta con una diversidad "denominacional", que nació con el objetivo de unificar a la iglesia pero con resultados inversos, no tanto porque la intención no haya sido buena, sino porque no se han podido desarrollar los elementos de transferencia que llevaría a la iglesia en un proceso soberano de maduración sin división, conforme al diseño del Reino. En medio de ese proceso, soberanamente Dios ha tenido que levantar diferentes reformadores para traer los cambios necesarios en medio de aquellos que se resisten a la renovación generacional, conforme a la voluntad del Padre:

No se amolden al mundo actual, sino sean transformados mediante la renovación de su mente. Así podrán comprobar cuál es la voluntad de Dios, buena, agradable y perfecta. **Romanos 12:2**

Veamos de manera más detallada los diferentes ámbitos de implementación y desarrollo:

A. La familia.

La familia es el diseño de Dios para las naciones. Antes de ser una congregación o iglesia fuimos diseñados como una familia. Las bases familiares son las que rigen el diseño divino sobre cualquier otro ámbito disponible.

De Génesis al Apocalipsis todo comienza con un matrimonio (Adán y Eva) y termina con un matrimonio (las bodas del cordero entre Jesús y su novia, la iglesia); todo comienza con una familia y todo termina como una familia:

*Por lo tanto, ustedes ya no son extraños
ni extranjeros, sino conciudadanos de los
santos y miembros de la familia de Dios.*
Efesios 2:19

Dios no cambia, Él es el mismo de ayer, hoy y siempre, por lo tanto tampoco cambiará su diseño.

Por ejemplo: en una familia en la que no hay disciplina, no hay paternidad:

*Lo que soportan es para su disciplina,
pues Dios los está tratando como a hijos.
¿Qué hijo hay a quien el padre no
disciplina?* **Hebreos 12:7**

Dios disciplina al que ama, pero el que no atiende consejo, las escrituras lo considera como un necio:

*El necio desdeña la corrección de su
padre; el que la acepta demuestra
prudencia.* **Proverbios 15:5**

Dios ha establecido un diseño para que aprendamos a caminar en el mismo, para adquirir la madurez y así dirigir y guiar a otros. Hay que madurar el diseño con la finalidad de alcanzar la experiencia e instruir a los que se encuentren a nuestro cuidado o cobertura.

A veces el problema no es el cómo haremos las cosas, sino en qué diseño estamos "parados" y caminando, para lograr traer los resultados óptimos y esperados. Hay aspectos que funcionaron ayer, pero no necesariamente funcionaran en este tiempo; no obstante, el diseño de Dios permanecerá invariable. Nuestra efectividad será determinada por la revelación y capacidad para caminar en el diseño.

Si observamos los diez mandamientos en *Éxodo 20*, no se refiere tanto a una estructura, sino a la vida familiar de una persona (no matarás, no robarás, no adulterarás, no darás falso testimonio contra tu prójimo, entre otros). La honra hacia los padres no tiene que ver tanto con lo que un padre pueda hacer por nosotros, sino por lo que hagamos por ellos, eso es lo que nos dará larga vida *(Éxodo 20:12; Efesios 6:2-3)*. No debemos esperar que alguien haga algo por nosotros para actuar, este no es el objetivo principal de los preceptos y mandamientos que Dios nos ha dado, sino lo que nosotros podamos hacer por el bien de otros, ese es el fin específico de nuestro servicio en el Señor:

…"Ama a tu prójimo como a ti mismo.
Mateo 22:39b.

Nuestro mandamiento principal tiene que ver con lo que nosotros hacemos para Dios y no lo que Él tenga que hacer por nosotros:

Maestro, ¿cuál es el mandamiento más importante de la ley? "Ama al Señor tu Dios con todo tu corazón, con todo tu ser y con toda tu mente" le respondió Jesús.
Mat 22:36-37

Esto nos dice que el pensamiento familiar de Dios se centra en edificar en pos de nuestros padres, hermanos y las generaciones, para la unificación y edificación del Reino de Dios, ya que el beneficio de uno será el beneficio del otro. La bendición proveniente de un padre espiritual, esta direccionada de acuerdo con la honra que le demos.

El sistema de este mundo jamás nos instruirá para formar un hogar; el mundo solo nos instruye para buscar aquello en lo que se pueda obtener algún beneficio, lo cual va totalmente contrario al diseño de Dios; lamentablemente es así como en la mayoría de los casos se trata de edificar a las familias en las congregaciones, en la búsqueda de cómo conseguir un beneficio y no en la edificación del diseño familiar de Dios.

Podemos hablar de Dios, predicar, demostrar, pero el diseño de Dios es aprender a modelar, para lograr que otros cambien y sean verdaderamente transformados. La familia no cambiará hasta que aprendemos a imprimir en nosotros a Dios, a través de su diseño.

Si nos vamos al principio de la creación de la humanidad, Dios estableció un matrimonio y los bendijo de la siguiente manera:

Y Dios creó al ser humano a su imagen; lo creó a imagen de Dios. Hombre y mujer los creó, y los bendijo con estas palabras: Sean fructíferos y multiplíquense; llenen la tierra y sométanla; dominen a los peces del mar y a las aves del cielo, y a todos los reptiles que se arrastran por el suelo.
Génesis 1:27-28

Visiblemente se observa que el objetivo de Dios siempre ha sido constituir familias para llenar la tierra, someterla, dominarla y gobernarla. Por lo general, nos preocupamos por establecer iglesias pero no en establecer el diseño de Dios, acción a la que en realidad le llamamos establecer el Reino sobre la tierra. Una cosa es hablar del Reino, pero otra cosa es establecerlo. Establecer el Reino es establecer cultura, un estilo de vida en donde todo lo que pasa por nuestras vidas sea bueno o malo, se convierta en una enseñanza (vivencia personal del Reino), la cual al final reproduciremos según lo que hemos aprendido a modelar.

La familia es el ambiente principal en el que debe desarrollarse un estilo de vida, conforme al plan de Dios para la humanidad:

Desde tu niñez conoces las Sagradas Escrituras, que pueden darte la sabiduría necesaria para la salvación mediante la fe en Cristo Jesús. **II Timoteo 3:15**

Las estructuras eclesiásticas denominacionales, nunca fueron la meta de Dios, sino que fue la de edificar un conjunto de familias (tribus) para consolidar una nación para su servicio, alabanza y adoración de su Nombre:

Haré de ti una nación grande, y te bendeciré; haré famoso tu nombre, y serás una bendición. **Génesis 12:2**

En él también ustedes son edificados juntamente para ser morada de Dios por su Espíritu. **Efesios 2:22**

En el diseño familiar, lo más importante es la vida y no la estructura de trabajo, en el mundo, todo aquel que no se ajusta al requerimiento organizacional de una empresa u organización, es desechado, punto que también podemos ver en la mayoría de las iglesias en las que por la ansiedad de crecimiento, merma la visión y el propósito de Dios.

Aun en medio de la liberación de Israel en Egipto, Dios hace una mención importante sobre la familia al establecer la pascua (símbolo del sacrificio de Jesús) desde el ámbito familiar, dándonos un mensaje claro del diseño establecido desde la eternidad:

*Hablen con toda la comunidad de Israel, y díganles que el día décimo de este mes todos ustedes tomarán un cordero por familia, uno por cada casa. **Éxodo 12:3***

Josué como un apóstol para el pueblo de Israel, en el capítulo 24:15 hace una proclamación sumamente poderosa:

*Pero si a ustedes les parece mal servir al SEÑOR, elijan ustedes mismos a quiénes van a servir: a los dioses que sirvieron sus antepasados al otro lado del río Éufrates, o a los dioses de los amorreos, en cuya tierra ustedes ahora habitan. "Por mi parte, mi familia y yo serviremos al SEÑOR". **Josué 24:15***

Josué públicamente declara que sin importar lo que todo un pueblo decida, él se mantendrá firme en el diseño de Dios para la nación: "la familia". Josué incluso en el culminar de su ministerio, no dejó de hacer conciencia al pueblo de Israel, acerca de la importancia de la familia. Lamentablemente el pueblo no logró entender este principio de transferencia y más tarde en Jueces 2:10-11, se nos relata que después de la muerte de la generación de Josué, se levantó otra que no sabía lo que Dios había venido haciendo a través de sus antepasados, ni lo que Él había hecho por Israel al sacarlos de Egipto; de tal manera que abandonaron a Dios y volvieron sus corazones a Baal.

Si los frutos del Espíritu logran desarrollarse en el ámbito familiar, nuestros hijos no necesitarían ir al mundo para conocer a Dios, porque tendrán padres que les sepan modelar todo lo que ellos necesiten saber.

B. La iglesia o congregación.

Es en este ámbito en el cual se logra consolidar a las familias para la manifestación corporativa del Reino a través del cuerpo del Señor Jesús.

En los primeros capítulos de los Hechos, podemos ver la unidad de la iglesia en Jerusalén. Esto traía una manifestación impresionante de milagros, prosperidad y salvación, producto de un avivamiento familiar entre ellos:

Así, pues, los que recibieron su mensaje fueron bautizados, y aquel día se unieron a la iglesia unas tres mil personas. Se mantenían firmes en la enseñanza de los apóstoles, en la comunión, en el partimiento del pan y en la oración. Todos estaban asombrados por los muchos prodigios y señales que realizaban los apóstoles. Todos los creyentes estaban juntos y tenían todo en común: vendían sus propiedades y posesiones, y compartían sus bienes entre sí según la necesidad de cada uno. No dejaban de reunirse en el templo ni un solo día. De casa en casa partían el pan y compartían la comida con alegría y generosidad, alabando a Dios y disfrutando de la estimación general del pueblo. Y cada día el Señor añadía al grupo los que iban siendo salvos. **Hechos 2:41.47**

Cada uno de ellos tenía todo en común. Se había logrado desarrollar un ambiente próspero para cualquiera que fuese añadido a la comunidad de los santos. Todo lo que ellos tocaban era prosperado y se transformaba en un ambiente de multiplicación y bendición, disfrutaban de la estimación general del pueblo, vivían como un organismo vivo el cual entendía lo que era modelar el diseño familiar del Reino de Dios.

Gobernaba un espíritu de casa que manifestaban aquellas características determinadas de una congregación apostólica, de acuerdo con la asignación dada por Dios para ese lugar, tiempo y circunstancia.

En muchos casos, con tan solo llegar a una iglesia, no significa que se pertenezca a ella, para eso es necesario ser compatible con el espíritu de la casa. Ese espíritu tiene que ver con la cultura de la palabra con la que vivimos, practicamos y servimos en determinado lugar. Todas aquellas actitudes que nos llevarán a experimentar un verdadero compromiso con la casa de Dios.

Se puede observar que muchas personas andan de una iglesia a otra, esto se debe a que tan solo son consumidores de "el pan" de la casa y por lo tanto, nunca proveen para la casa. Marchan en busca del buen pan, de la buena unción, pero sin suministrar para las necesidades de la casa; se muestran interesados en su herencia como hijos de Dios, pero este tipo de personas, solo llegan por lo que necesitan y luego se van. Estos no son hijos de la casa, otros pidieron su herencia y ya no están.

El espíritu de la casa es sinónimo de la paternidad con la cual se edifica una congregación. Para que seamos añadidos a la casa, tendremos que respetar y honrar los términos que en la casa se han establecido, basados en el amor de Dios por medio del corazón de un padre, con el propósito de obtener el pan de la mesa reservada exclusivamente para los hijos. Si en la casa o ministerio hay prosperidad, seremos prosperados; si en la casa hay milagros, haremos milagros y aún mayores por ser hijos de la casa.

Una iglesia productiva, es multiplicadora de una mentalidad apostólica, que habla de la cultura familiar con la que regulamos nuestro estilo de vida, conforme a la voluntad de Dios:

También ustedes son como piedras vivas, con las cuales se está edificando una casa espiritual. De este modo llegan a ser un sacerdocio santo, para ofrecer sacrificios espirituales que Dios acepta por medio de Jesucristo. **I Pedro 2:5**

La iglesia de los hechos había logrado desarrollar un ambiente propicio para la manifestación plena del mover del Espíritu, eso los llevó a establecer un estándar de justicia tan alto capaz de proteger los intereses del Reino en una dimensión impresionante de Gloria y Autoridad:

En Hechos, capítulo 5 del 1 al 12, vemos una escena ilustrativa del estándar de justicia que la iglesia tenía. Ananías y Safira tentaron al Espíritu Santo al dar una menor cantidad de dinero que habían puesto a disposición de los apóstoles al vender una propiedad. Este tipo de estándar les causó la muerte, ya que el nivel de justicia establecido en medio de la congregación era el todo o nada:

*Todos los creyentes eran de un solo sentir y pensar. Nadie consideraba suya ninguna de sus posesiones, sino que las compartían. Los apóstoles, a su vez, con gran poder seguían dando testimonio de la resurrección del Señor Jesús. La gracia de Dios se derramaba abundantemente sobre todos ellos, pues no había ningún necesitado en la comunidad. Quienes poseían casas o terrenos los vendían, llevaban el dinero de las ventas y lo entregaban a los apóstoles para que se distribuyera a cada uno según su necesidad. José, un levita natural de Chipre, a quien los apóstoles llamaban Bernabé (que significa: Consolador), vendió un terreno que poseía, llevó el dinero y lo puso a disposición de los apóstoles. **Hechos 4:32-37**

Cualquiera que tratara de corromper el estándar divino, caería bajo el juicio de Dios, por lo que no necesitaban que nadie los defendiera, Dios mismo era su defensor.

Esto es muy importante porque muchas veces le pedimos a Dios que haga justicia sobre nuestras vidas y vemos que Dios no lo hace, porque no comprendemos que sería injusto que Dios juzgara al mundo más allá de la propia justicia que practiquemos como iglesia:

Porque les digo a ustedes, que no van a entrar en el reino de los cielos a menos que su justicia supere a la de los fariseos y de los maestros de la ley. **Mateo 5:20**

La biblia claramente nos dice, por donde comenzará el juicio de Dios:

Porque es tiempo de que el juicio comience por la familia de Dios; y si comienza por nosotros, ¡cuál no será el fin de los que se rebelan contra el evangelio de Dios! **I Pedro 4:17**

Es necesario que Dios intervenga en la iglesia por medio de reformas apostólicas y proféticas en el seno de la familia de Dios, para que podamos llevar a cabo sus propósitos generacionales y así encaminarnos a la restauración de todas las cosas para el maravilloso retorno de nuestro Rey Jesús.

C. Ministerio

Por ser este el ámbito más conflictivo apegándonos a la realidad de la iglesia del presente, vamos a hacer un escrutinio profundo de las escrituras que nos llevará a revelar aspectos importantes de transferencia entre una generación y otra para que el legado apostólico del Evangelio del Reino sea completado según lo establecido por Dios.

*Espero en el Señor Jesús enviarles pronto a Timoteo, para que también yo cobre ánimo al recibir noticias de ustedes. No tengo a nadie más que, como él, se preocupe de veras por el bienestar de ustedes, pues todos los demás buscan sus propios intereses y no los de Jesucristo. Pero ustedes conocen bien la entereza de carácter de Timoteo, que ha servido conmigo en la obra del evangelio, como un hijo junto a su padre. **Filipenses 2:19-22**

En este pasaje bíblico podemos ver patentemente un modelo apostólico basado en los elementos de transferencia en el área ministerial. Pablo ha comisionado a Timoteo para ejecutar una labor que aparte de él, solo Timoteo era capaz de realizar, esto debido a que entre Pablo y Timoteo existe un vínculo ministerial de padre a hijo, entrelazados ministerialmente para que Timoteo haga las mismas obras, o mayores, que las de su padre espiritual.

Esto es sumamente poderoso, porque tal declaración apostólica de Pablo, nos habla de la necesidad de llevar los frutos del Espíritu Santo a este tipo de gradación. Si esto se da en esta área, no hay duda que se lograría alcanzar a todas las naciones de la tierra en un menor tiempo posible y no al paso que estamos marchando. Expreso esto no por falta de fe, sino porque se nos ha provisto de un recurso que no hemos sabido utilizar correctamente, esto nos ha ocasionado pérdidas de tiempo, recursos y material humano que no se han sabido aprovechar.

En el presente, contamos con hombres de gran nivel y dimensión apostólica que tienen la autoridad, unción y revelación para sacudir naciones, pero por más que multipliquen esfuerzos no podrán lograr solos este objetivo; maravilloso sería que tal dimensión de poder, pudiera ser delegado a otros (hijos ministeriales), para alcanzar a las naciones en diferentes direcciones. Hoy en día, este principio se ha llegado a utilizar, pero todavía no se alcanza el nivel esperado, que va encaminado, pero a pesar de que Dios está usando a hombres como punta de lanza, todavía existe una gran parte del cuerpo de Jesús, que no se ha sincronizado totalmente al correcto pensamiento apostólico y profético, para ser capaces de hacer por lo menos, las mismas obras que nuestro patriarcas espirituales de nuestro tiempo. Todavía existe mucha inexperiencia mezclada con emocionalismo espiritual, que con tan solo decir "así dice el Señor" se cree que ya estamos moviéndonos en lo profético, con tan solo decir "decretamos", creemos que ya nos estamos moviendo en lo apostólico, cuando todavía hay pastores que dicen estar en el mover, que ni siquiera pueden volverse a ver el uno con el otro, utilizando reuniones de fraternidad pastoral o redes apostólicas para promocionarse a sí mismos; además, utilizar la caída de otros para terminar de hundirlos, la ausencia de otros para gloriarse sobre ellos, entre otros.

El apóstol Pablo tenía muchos colaboradores, sin embargo, eran pocos sobre los cuales podía encomendar tareas que le correspondían directamente a él como padre y apóstol de congregaciones enteras.

El apóstol Pablo después de hacer un largo recorrido por Asia[33] entre el año 46-57 d. C., se da cuenta que le es necesario por el Espíritu Santo ir a Roma; es ahí, antes de hacer el cuarto viaje misionero a mediados del año 59-60 d. C. y después de trece años de ministerio, que reconoce que ha llegado el tiempo de comenzar a hacer su traspaso ministerial a otros:

Después de todos estos sucesos, Pablo tomó la determinación de ir a Jerusalén, pasando por Macedonia y Acaya. Decía: Después de estar allí, tengo que visitar Roma. Entonces envió a Macedonia a dos de sus ayudantes, Timoteo y Erasto, mientras él se quedaba por algún tiempo en la provincia de Asia. **Hechos 19:21-22**

Pablo se da cuenta que el viaje a Roma, era un viaje sin retorno; por lo tanto, comenzó estratégicamente a reunir a sus discípulos para poner en marcha su legado apostólico:

---

[33] Viaje Misionero de Pablo, Mapa 13, Santa Biblia, NVI, Estudio Punto de Partida, edición publicada en español, Editorial Vida 2007, Miami, Florida.

Cuando cesó el alboroto, Pablo mandó llamar a los discípulos y, después de animarlos, se despidió y salió rumbo a Macedonia. Recorrió aquellas regiones, alentando a los creyentes en muchas ocasiones, y por fin llegó a Grecia, donde se quedó tres meses. Como los judíos tramaban un atentado contra él cuando estaba a punto de embarcarse para Siria, decidió regresar por Macedonia. Lo acompañaron Sópater hijo de Pirro, de Berea; Aristarco y Segundo, de Tesalónica; Gayo, de Derbe; Timoteo; y por último, Tíquico y Trófimo, de la provincia de Asia. **Hechos 20:1-4**

El viaje rumbo a Macedonia[34] debió de ocuparle más de un año (55-56 d. C) (Hechos *19:21*) y durante este, él estuvo recogiendo ofrendas para los cristianos necesitados de Jerusalén (*Hechos 24:17; Romanos 15:25-26; I Corintios 16:1-4; II Corintios 8:1-9.15*).

---

[34] e-Sword 10.1.0.0, Comentario Bíblico, Dios Habla Hoy, 1994.

Es alrededor de este tiempo, que Pablo comienza a repartir su mayor legado apostólico; comenzó a escribir cartas[35] a las diferentes iglesias (entre el año 55-66 d. C.), primero a los corintios y luego a los romanos, hasta llegar a la II carta a Timoteo (a excepción[36] de Gálatas en el año 47 d. C. en su tercer viaje misionero y I, II Tesalonicenses en el año 51 d. C., en su segundo viaje misionero aproximadamente), cartas apostólicas generadas por el pensamiento interno por el Espíritu Santo de retornar a Jerusalén para luego partir hacia Roma:

Y ahora tengan en cuenta que voy a Jerusalén obligado por el Espíritu, sin saber lo que allí me espera. Lo único que sé es que en todas las ciudades el Espíritu Santo me asegura que me esperan prisiones y sufrimientos. **Hechos 20:22-23**

---

[35] Santa Biblia, NVI, Estudio Punto de Partida, *pág. 1310 y 1395,* edición publicada en español, Editorial Vida 2007, Miami, Florida.
[36] Santa Biblia, NVI, Estudio Punto de Partida, *pág. 1342 y 1382,* edición publicada en español, Editorial Vida 2007, Miami, Florida.

Las cartas[37] de Efesios, Filipenses, Colosenses, Filemón (escritas entre el año 60-61 d. C.), probablemente fueron escritas cuando Pablo estuvo preso en Roma *(Hechos 28:16, 30-31)*. Las cartas[38] de I y II Timoteo y Tito (año 64 y 66 d. C.), se escribieron después[39] del primer cautiverio en Roma, antes[40] de su prisión final.

Vemos que Pablo fue un hombre inteligente y capaz de anticiparse a las cosas por medio de la dirección del Espíritu Santo, desde que supo por revelación el fin que le esperaba, no dudó en poner en marcha el traspaso ministerial no solo delegando funciones, sino entrelazando su vida a la siguiente generación en un término de 11 años[41]

---

[37] Santa Biblia, NVI, Estudio Punto de Partida, *pág. 1351; 1361; 1368; 1406,* edición publicada en español, Editorial Vida 2007, Miami, Florida.
[38] Santa Biblia, NVI, Estudio Punto de Partida, *pág. 1387; 1395; 1401,* edición publicada en español, Editorial Vida 2007, Miami, Florida.
[39] e-Sword 10.1.0.0, Nuevo Diccionario Bíblico Vila - Escuaín
[40] NVI en audio, I Timoteo-Capítulo-00, del segundo 12 al 14.
[41] Biblia Estudio Punto de Partida, NVI, *pág. 1310 y pág. 1395,* edición publicada en español, Editorial Vida 2007, Miami, Florida.

(entre el año 55-66 d. C.), inspirado por el Espíritu de Dios de ir a Roma, hasta su muerte.

El más vivo ejemplo en el cual podemos observar este principio generacional aplicado por el apóstol Pablo, es en la vida de Timoteo, es en esta relación ministerial en la que vamos a demostrar e ilustrar el funcionamiento pleno de los elementos de transferencia entre una generación y otra. Lo interesante es que el apóstol Pablo no solo entendía la necesidad de que su ministerio no muriera con él, sino que había logrado llegar al máximo clímax ministerialmente hablando, viviendo conforme a los valores y principios del Reino que lo llevarían a transmitir como parte de su llamado, un Evangelio:

- Predicado
- Enseñado
- Modelado

Veamos esto fundamentado en la siguiente escritura bíblica:

Hermanos, en el nombre del Señor Jesucristo les ordenamos que se aparten de todo hermano que esté viviendo como un vago y no según las enseñanzas recibidas de nosotros. Ustedes mismos saben cómo deben seguir nuestro ejemplo. Nosotros no vivimos como ociosos entre ustedes, ni comimos el pan de nadie sin pagarlo. Al contrario, día y noche trabajamos arduamente y sin descanso para no ser una carga a ninguno de ustedes. Y lo hicimos así, no porque no tuviéramos derecho a tal ayuda, **sino para darles buen ejemplo**. **II Tesalonicenses 3:6-9**

Claramente observamos que el apóstol Pablo no solo predicaba y enseñaba, sino también modelaba el cómo trabajar y poner por obra el Evangelio, no porque no poseyeran el derecho a ser sustentados por la iglesia, sino para ser un ejemplo y modelo de lo que anteriormente les habían impartido por medio de la palabra. Pablo, les hace hincapié en cómo deben actuar y responder ante lo que Dios, por medio de ellos, les había revelado. No solo necesitaban palabra, también poder en el Espíritu, pero sobre todo un ejemplo y testimonio de vida, para que se completara la manifestación total del Evangelio en sus corazones.

Con respecto a lo mencionado, Pablo le da a Timoteo las siguientes instrucciones:

Pero tú, permanece firme en lo que has aprendido y de lo cual estás convencido, pues sabes de quiénes lo aprendiste. **II Timoteo 3:14**

En otras palabras, Pablo le dice que debe permanecer firme en lo que ha aprendido y está convencido (enseñado y predicado), pues sabía bien, quién se lo había modelado. Pablo sabía bien lo que hacía; sus discípulos habían recibido un Evangelio completo en palabra, poder y testimonio.

En I Timoteo 3, del versículo 1 al 9, Pablo está advirtiendo a Timoteo de un mover satánico que vendrá a corromper a muchos para ir en contra de la verdad, pero él le recuerda a su hijo en la fe, la manera en que se le ha transmitido un legado apostólico del Evangelio del Reino para su éxito ministerial:

*Tú, en cambio, has seguido paso a paso mis enseñanzas, mi manera de vivir, mi propósito, mi fe, mi paciencia, mi amor, mi constancia, mis persecuciones y mis sufrimientos. Estás enterado de lo que sufrí en Antioquía, Iconio y Listra, y de las persecuciones que soporté. Y de todas ellas me libró el Señor. **II Timoteo 3:10-11**

En otras palabras, aunque vengan muchos engañadores, muchos se aparten de su fe, muchos traten de apartarle de camino de la verdad, debía permanecer firme en lo que se le había transmitido, ya que era testigo de un estilo de vida modelado en

Dios; era testigo de todo lo que Pablo había soportado, pero también de las grandes victorias que el Señor les había dado, por causa del maravilloso Evangelio de la Gracia. "Todo lo que se te ha dado" dijo Pablo a Timoteo, "es para que seas un siervo de Dios, enteramente capacitado para toda buena obra, capaz de hacer las mismas y mayores obras que has visto de mí hacer… " *(I Timoteo 3:16-17).*

Pablo entendió el propósito de Dios de establecer una cultura de Reino a través de un modelo. Pablo le demostró a Timoteo y a sus hijos en el ministerio, que él vivía todo lo que les predicaba y enseñaba. Pablo le escribe a Timoteo diciéndole que no creyera en nada diferente a lo que él le había mostrado como estilo de vida.

Actualmente, muchos quieren el éxito que otros han alcanzado, sin embargo, se limitan a copiar un molde pero sin adquirir un modelo. El modelo tiene que ver con todo un proceso, con todo lo que un ministro ha tenido que pasar para entender la visión de Dios para su vida, un precio que otros no están dispuestos a pagar. Muchos anhelan crecimiento, quieren bendición y prosperidad instantánea como quien entra a un supermercado y encuentran el producto terminado solo para consumirlo; no obstante, no quieren pasar por el proceso de fabricación o edificación; solo desean obtener así, el producto listo para su utilización. Aun cuando tengamos a mano el producto terminado, siempre habrá que pagar un precio para obtenerlo, ese precio es de obediencia, sujeción, respeto, honra, fidelidad, lealtad, humildad, entre otros elementos de transferencia que nos vinculan al corazón, pensamiento y visión de un padre en el ministerio.

Podrán venir muchos a decir muchas palabras, pero no podemos desechar algo que se nos ha modelado solo porque alguien dijo que debíamos hacer esto y lo otro.

Pablo precisamente entendió que para expandir el Reino de Dios, tenía que llevar el Evangelio a una vivencia personal para conseguir establecerlo en otros; si él lo predicaba, lo enseñaba y también lo modelaba, sería capaz de establecerlo en las vidas de aquellas personas que llegaría a tocar por medio del Evangelio y principalmente en la vida de Timoteo y sus hijos en la fe.

 El hecho de llevar el Evangelio encarnado en su vida (capaz de modelarlo, Filipenses 3:10), garantizaría que ningún falso profeta y/o falso maestro, pudiera engañar a Timoteo para envolverlo en el error, sino más bien adquirir la capacidad de discernir el engaño, engaño que trataría de pervertir su vida obstaculizando el propósito de Dios en él y a través de él:

Porque llegará el tiempo en que no van a tolerar la sana doctrina, sino que, llevados de sus propios deseos, se rodearán de maestros que les digan las novelerías que quieren oír. Dejarán de escuchar la verdad y se volverán a los mitos. Tú, por el contrario, sé prudente en todas las circunstancias, soporta los sufrimientos, dedícate a la evangelización; cumple con los deberes de tu ministerio. **II Timoteo 4:-3-5**

En **I Timoteo 1:18-20**, el apóstol Pablo también instruye:

Este mandamiento, hijo Timoteo, te encargo, para que conforme a las profecías que se hicieron antes en cuanto a ti, milites por ellas la buena milicia, manteniendo la fe y buena conciencia, desechando la cual naufragaron en cuanto a la fe algunos, de los cuales son Himeneo y Alejandro, a quienes entregué a Satanás para que aprendan a no blasfemar.

Pablo le insiste a Timoteo en el hecho de caminar en cada una de las profecías que habían relevado los propósitos de Dios para su vida. En el verso del 19 al 20, vemos el ejemplo de aquellos que se dejaron llevar por el engaño: Himeneo y Alejandro. Estos hombres eran predicadores que en algún momento estuvieron a favor de la verdad del Evangelio como Pablo lo declara, infortunadamente, nunca permanecieron en el rumbo de su llamado. El apóstol nos menciona que no se mantuvieron militando en la verdad, ya que naufragaron en la fe o dicho de otra manera, perdieron la dirección de su ministerio a tal punto de llegar a blasfemar[42] (renegar, maldecir, condenar) contra Dios, no aptos para recibir un legado:

Y su palabra carcomerá como gangrena; de los cuales son Himeneo y Fileto, que se desviaron de la verdad, diciendo que la resurrección ya se efectuó, y trastornan la fe de algunos. **II Timoteo 2:17-18.**

Alejandro el calderero me ha causado muchos males; el Señor le pague conforme a sus hechos. Guárdate tú también de él, pues en gran manera se ha opuesto a nuestras palabras. **II Timoteo 4:14-15**

---

[42] Microsoft Word, (España Internacional), Sinónimos: español.

Pablo le dice a Timoteo que si permanece en el Evangelio que ha recibido, no va a naufragar en la fe, ya que Dios ha marcado un rumbo para su vida y un horizonte claro para él. Vendrán muchos a profetizarle y maestros a enseñarle, pero si les predican un evangelio diferente al que le han enseñado y sobre modelado, estos falsos caerán bajo maldición, así como Pablo anteriormente había señalado a los Gálatas *(Gálatas 1:6-8)*. Dicho en otras palabras pero con el mismo mensaje para Timoteo: si se da el caso, *"no te vayas por el mismo camino, permanece, milita, no te desvíes de tu destino, por eso eres quien eres y te envié hacer, lo que otro que no haya vivido y experimentado conmigo este Evangelio haría"*.

Esto de permanecer militando en las profecías, no se trata de tener una biblioteca profética de palabras, sino de caminar en cada una de ellas. Muchos llegan a manejar numerosas palabras, pero en la mayoría de los casos son las del predicador favorito que ven en la televisión. Ahora bien, no me encuentro en contra de la expansión del Evangelio por medio de las telecomunicaciones, estoy a favor de eso, el punto específico reside en que muchos podrán aportar elementos de fe a nuestras vidas, sin embargo, será sobre aquello que anteriormente se ha establecido en nuestros corazones;

debemos estar prestos a recibir la palabra de Dios a través de los siervos del Señor, pero sin sustituir lo que se ha plantado y edificado en nuestro espíritu; porque al final de todo un proceso, debemos predicar todo aquello que ha nacido y emergido de lo más profundo de nuestro interior, para manifestar la propia unción y la autoridad con la cual hemos sido investidos y no manifestar la del predicador que vimos por la televisión.

Cuando esto sucede (porque sucede a menudo), es porque todavía no hay un Evangelio establecido en nuestra vida por el cual podamos caminar, predicar, enseñar y modelar:

*No dejes de recordar a Jesucristo, descendiente de David, levantado de entre los muertos. Este es mi evangelio. **II Timoteo 2:8***

Es importante mencionar que estamos en un proceso que se debe completar para servirle a Dios con mayor efectividad, conforme a la voluntad eterna de nuestro Padre. La Biblia, la palabra de Dios, es el libro más completo en el universo y solo el que edifica sobre los principios de la palabra, edificará para Dios y lo que se edifique, podrá mantenerse en pie, en el Nombre de Jesús, amén.

En I Timoteo 1:20 retomamos el ejemplo de dos personas (Himeneo y Alejandro) que predicaban aún en contra de los propósitos de Dios, tenían recursos bíblicos para predicar, pero un proceso incompleto en sus vidas.

Cuando el Evangelio del Reino se establece es nuestras vidas como nos lo muestra el apóstol Pablo en la vida de Timoteo, es cuando se desarrolla la habilidad para discernir el espíritu de las palabras; es decir, poder reconocer la procedencia de las palabras utilizadas por una persona o predicador, si son de vida o de muerte. Es por eso que Pablo en sus cartas a Timoteo, continuamente trata de fortalecer sus convicciones haciéndole memoria de cómo él recibió el Evangelio, produciendo tal capacidad para no caer en el engaño o espíritu del anticristo.

Esto es sumamente importante ya que tarde o temprano tendrá que ser probado y demandado todo aquello que hayamos edificado:

Según la gracia que Dios me ha dado, yo, como maestro constructor, eché los cimientos, y otro construye sobre ellos. Pero cada uno tenga cuidado de cómo construye, porque nadie puede poner un fundamento diferente del que ya está puesto, que es Jesucristo. Si alguien construye sobre este fundamento, ya sea con oro, plata y piedras preciosas, o con madera, heno y paja, su obra se mostrará tal cual es, pues el día del juicio la dejará al descubierto. El fuego la dará a conocer, y pondrá a prueba la calidad del trabajo de cada uno. Si lo que alguien ha construido permanece, recibirá su recompensa, pero si su obra es consumida por las llamas, él sufrirá pérdida. Será salvo, pero como quien pasa por el fuego. **I Corintios 3:10-15.**

Pasar por el fuego no es necesariamente pasar por una prueba. El día que pasemos por el fuego será cuando se nos demande lo que hayamos construido o edificado. Cuando construimos algo que con el tiempo se derrumba y hay que comenzar de nuevo, difícilmente se puede dar buen fruto y mucho menos que permanezca *(Juan 15:8)*. Podemos llegar a construir algo grande, pero si lo hacemos sin raíces, el tiempo a la larga nos pasará la factura y en lugar de seguir creciendo, terminaremos trabajando para mantener el edificio y no para ensancharlo. He ahí la importancia de edificar conforme al Evangelio que se ha establecido en nuestros corazones por haber permanecido firmes en lo que hemos aprendido, pero sobre todo con el modelo en el que hemos vivido, edificado y visto hacer por medio de un padre en el ministerio.

Si no se establece lo que se debe establecer, tendremos un enfoque incorrecto que nos llevará al objetivo incorrecto. Con la revelación correcta de un legado, llegaremos al propósito de Dios por medio del enfoque que como hijos apostólicos necesitamos. Cuando el Evangelio se establece, es porque un padre ha logrado modelar un modelo que se edifica, primero en nuestros corazones, para comprender la esencia del trabajo que tendremos que realizar en el futuro. Lo edificado es una plataforma, pero la esencia del modelo debe permanecer invariable en nuestros corazones; solo así podremos darle continuidad a lo que se nos transferirá.

Tristemente, en cada generación hay un sector que por más que quieran hacerlo bien toma un rumbo equivocado. Sin embargo, gracias a la soberanía de Dios, perseverantemente hay un remanente que se ha dejado formar, educar, edificar, animar y capaz de seguir instrucciones. Solo se le puede transferir un legado a aquellos que hayan logrado asimilar el diseño sin importar la posición ya sea que estén entre los primeros candidatos o no. No necesariamente se debe estar en los primeros lugares para recibir lo que por herencia nos pertenece; tarde o temprano Dios se acordará del Pacto que hizo con un padre en el ministerio.

En II de Samuel, del 1 al 1, vemos en caso de Mefiboset, el último miembro de la dinastía de Saúl, quien pasó de estar en los últimos lugares a comer a la mesa del rey por causa de un pacto entre David y su padre Jonathan; de pronto, la historia cambió para Mefiboset.

Es probable que existan muchos candidatos o no, pero el remanente del Señor está a la espera de entrelazarse definitivamente a una generación que le transferirá el legado apostólico del Evangelio del Reino, para hacer las mismas y mayores cosas, llevando y revelando los propósitos de Dios sobre la tierra y el universo.

Debemos de restaurar[43] (poner algo en el estado o estimación que antes tenía) los valores o elementos de transferencia en el ministerio para completar el ciclo del plan y diseño de Dios para las naciones.

––––––––––––––––––––

[43] Microsoft Word, (España Internacional), Sinónimos: español

CAPITULO VI

Peligros que Ponen en Riesgo un Legado Apostólico

1. Visión distorsionada del Evangelio del Reino

El malvado vendrá, por obra de Satanás, con toda clase de milagros, señales y prodigios falsos. Con toda perversidad engañará a los que se pierden por haberse negado a amar la verdad y así ser salvos. Por eso Dios permite que, por el poder del engaño, crean en la mentira. Así serán condenados todos los que no creyeron en la verdad sino que se deleitaron en el mal. **II Tesalonicenses 2:9-12**

Lo más impactante de este versículo es observar cómo Dios permite que los que no quieren y se resisten a creer en la verdad, sean engañados incluso por medio de milagros, señales y prodigios falsos, similares, pero no verdaderos a los que la misma escritura nos dice que seguirán a los que creen *(Marcos 16:11-18)*.

Queremos aclarar que la palabra de Dios no dice que no habrá milagros, señales y prodigios; sino lo que dice es que serán utilizados para engañar a los que no quieren creer en la verdad; no obstante, también dice que confirmarán a los que creen. Como mencionamos al final del capítulo anterior, el punto radica en saber reconocer la verdad y en dónde opera la mentira.

En I de Reyes, 22:1-38, vemos que "Micaías profetiza contra el rey Acab", y así encontramos un ejemplo que nos ilustra esta idea. Advertimos algo sumamente impactante en este acontecimiento histórico del pueblo de Israel, y es que Dios mismo consintió, autorizó, un espíritu engañador y de mentira para inspirar a 400 profetas para declarar de manera oculta la muerte del rey que estaba preocupado más en cumplir sus propias ambiciones que hacer la voluntad del Eterno Dios.

Este tipo de casos no son la excepción; hoy, en nuestro tiempo, penosamente esta clase de ambiciones personales dentro de las iglesias, lo único que hacen es perjudicar al cuerpo del Señor Jesús; cuando personas se mueven por medio de un espíritu engañador para profetizar mentira y muerte, lo único que crean es un ambiente de desconfianza, dudas e incredulidad ante la verdad del Evangelio para las futuras generaciones.

Qué difícil es que Dios autorice un espíritu engañador por la resistencia de muchos para creer en la verdad, pero aún más, ser usado e inspirado por un espíritu de engaño para profetizar una mentira; esto se da por haber llegado al extremo de creer que en lugar de ser corregidos e instruidos, están "destruyéndote" u "obstruyéndote" el ministerio.

Este problema se establece por poseer una visión distorsionada de lo que es el Evangelio del Reino. Los dones y ministerios fueron constituidos por Dios y su Espíritu no como una jerarquía sino como una herramienta; herramientas para manifestar su multiforme gracia *(Efesios 3:10)*; es por eso que cuando seamos glorificados en su "Gloria Eterna" estos ministerios desaparecerán, no serán necesarios, la profecía se acabará y cesarán las lenguas, la ciencia acabará; en parte conocemos y en parte profetizamos, pero su amor nunca dejará de ser *(I Corintios 13:8-13)*. Se ha llegado a cometer el error de usar los milagros para decir quién tiene más autoridad, quién es más que el otro.

La visión de Dios es una visión de cuerpo en la que nuestra labor indivídual corresponde a un solo objetivo. Por tal razón, más que una congregación somos su novia; más que un templo, somos su casa; más que una iglesia, somos una familia. Por lo tanto, la capacidad más grande y poderosa que Dios nos ha dado, es la unción para construir relaciones tanto en el área familiar, como en la congregacional y ministerial. Hoy, las familias de la sociedad están en medio de un caos total porque en su mayoría son hogares disfuncionales, el origen de la delincuencia social, la violencia en las calles, está en la familia. El mundo está como está porque la iglesia no ha hecho la labor que le corresponde.

El propósito de la verdad se centra en fortalecer el vínculo que nos une al Señor Jesús. Muchos son engañados por todo tipo de doctrina porque no tienen la verdad establecida en sus corazones. Esta situación solo ha provocado división entre hermanos, iglesias, discutiendo sobre quien tiene la verdadera doctrina; unos dicen que unos pertenecen a tal denominación, a tal misión, etc., aduciendo que por pertenecer a algo o a alguien tienen toda o la mejor verdad, aunque esto no es lo importante; este tipo de actitud, Pablo, la catalogo como gente carnal, incapaz de recibir alimento sólido:

Yo, hermanos, no pude dirigirme a ustedes como a espirituales sino como a inmaduros, apenas niños en Cristo. Les di leche porque no podían asimilar alimento sólido, ni pueden todavía, pues aún son inmaduros. Mientras haya entre ustedes celos y contiendas, ¿no serán inmaduros? ¿Acaso no se están comportando según criterios meramente humanos? Cuando uno afirma: Yo sigo a Pablo, y otro: Yo sigo a Apolos, ¿no es porque están actuando con criterios humanos? Después de todo, ¿qué es Apolos? ¿Y qué es Pablo? Nada más que servidores por medio de los cuales ustedes llegaron a creer, según lo que el Señor le asignó a cada uno. Yo sembré, Apolos regó, pero Dios ha dado el crecimiento. Así que no cuenta ni el que siembra ni el que riega, sino sólo Dios, quien es el que hace crecer. **I Corintios 3:1-7**

En cambio, el alimento sólido es para los adultos, para los que tienen la capacidad de distinguir entre lo bueno y lo malo, pues han ejercitado su facultad de percepción espiritual. **Hebreos 5:14**

Si uno sembró y otro cosechó, Dios es quien da el crecimiento, nosotros simplemente fuimos el instrumento, la herramienta de Dios para llevar a cabo sus propósitos por medio del fruto del Espíritu Santo que se ha podido cosechar en nuestras vidas. Una relación establecida vale más que cualquier milagro, una relación no se basa en lo que se sienta o en alguna especie de sentimiento, sino en el amor, fe, esperanza, entre otros; elementos con los cuales construimos relaciones.

Jesús llamó amigo a los que antes fueron sus siervos, porque ya no solo estaban para servirle, sino para compartir sus padecimientos, llevar su carga, asimilar su causa por medio del vínculo que los unía. Así como Él dio su vida por ellos, así mismo los discípulos apóstoles estarían dispuestos a dar sus vidas por causa del Evangelio:

*Ustedes son mis amigos si hacen lo que yo les mando. Ya no los llamo siervos, porque el siervo no está al tanto de lo que hace su amo; los he llamado amigos, porque todo lo que a mi Padre le oí decir se lo he dado a conocer a ustedes. **Juan 15:14-15***

Por eso cuando se establece una relación, entramos en un pacto de honra, respeto, fidelidad, lealtad, etc., elementos con los cuales se construye y fortalece una cobertura de unidad, unanimidad como la iglesia del primer siglo de los hechos:

Ama al Señor tu Dios con todo tu corazón, con toda tu alma, con toda tu mente y con todas tus fuerzas." El segundo es: "Ama a tu prójimo como a ti mismo." No hay otro

mandamiento más importante que éstos.
Marcos 12:30-31

Dios nos manda a ser los constructores de las relaciones dentro del cuerpo que nos llevarán a la edificación del mismo hasta llegar a la estatura del varón perfecto, ministrando por medio de los diferentes oficios o llamamientos ministeriales y dones conforme a la unidad perfecta en Jesús.

2. Vivir sin principios de autoridad

Podemos llegar a establecer una serie de reglas y formas para ejecutar algunas ideas, pero tanto como las reglas y formas pueden llegar a ser flexibles de acuerdo con diferentes circunstancias, por ejemplo:

Cuando se ha establecido un horario de clases en un colegio y universidad, se sabe que se debe respetar el horario; pero si en el camino a clases o en el hogar pasó algo inesperado, uno puede excusar la ausencia o llegada tardía a dicho horario debidamente justificada para no perder la credibilidad del compromiso adquirido con la institución y profesor. Es por eso que aunque se espera que se respeten las reglas, formas u horarios, habrá un momento en el cual se tendrá que hacer la excepción correspondiente de acuerdo con el caso en particular.

Con respecto a un principio existe una gran diferencia. Este es invariable y no es posible acomodarlo a nuestra conveniencia las veces que queramos, ya que estos determinarán la correcta conducta ante cualquier tipo de situaciones. La palabra de Dios es invariable, si permanecemos firmes a lo que hemos aprendido, Dios permanecerá invariable al cumplimiento de sus promesas sobre nuestras vidas.

En el ministerio, iglesia y familia es imprescindible caminar de acuerdo con principios y ser edificados sobre ellos con carácter, para no dejarnos seducir por las artimañas del mundo y en consecuencia, caer en la maldad. Los principios no se venden ni se comercializan, son los que determinan y aseguran el crecimiento sano e integral de nuestras vidas.

Para dar a entender esta idea como ejemplo exponemos lo siguiente:

Cuando existe un falso profeta, apóstol, maestro, como bien un falso pastor y evangelista, en realidad este no sabe que es falso, de lo contrario se convertiría de su mal camino; por lo general, está obsesionado por creer que predica la verdad. De la misma forma, los milagros son verdades llevadas a la realización para producir un efecto espiritual en el ámbito natural, "verdades conquistadas". Ahora bien, existe un funcionamiento correcto, como uno incorrecto en el asunto de los milagros, así como existen falsos apóstoles y profetas, sean verdaderos o falsos, los dos pueden hacer milagros, sanidades, etc. No necesariamente el hacer milagros hace la diferencia entre lo falso y lo verdadero, sino la fuente de donde provienen. Es ahí donde muchos caen en el error porque al ver los milagros solamente como la única señal en el ministerio, no saben hacer la diferencia entre lo falso y lo verdadero. Les gusta la palabra, el poder, pero no son capaces de modelar lo que predican.

¿Cómo yo puedo reconocer la diferencia? En el carácter (formado en principios). "Carácter no significa ostentar un temperamento fuerte, sino una fe inquebrantable", "no es una obsesión, es inspiración, decisión y determinación de permanecer en lo que se nos ha predicado, enseñado y modelado"; "no es un día sí y un día no", "no es todos están mal menos yo". La falta de carácter y por ende falta de madurez se da por preocuparse por la misma ideología de este mundo: **"el deseo del poder".**

El ministerio profético es un ministerio de revelación y restauración, el ministerio apostólico es un ministerio de transferencia también para restaurar, pero con el fin de transmitir el poder y la autoridad basados en los principios del Reino. El peligro de querer la unción sin carácter, se debe a que se desea convertir el poder en manipulación, sin entender que una cosa es manifestar el poder y otra es transmitir la vida (modelar). Esta falta de madurez provoca que no podamos hacer la diferencia entre lo falso y lo verdadero, lo que provoca un desconocimiento de nuestra verdadera posición en el Reino, sin tener idea de nuestra asignación; es así como se llega al punto de realizar acciones sin fundamento que las sustente para que lo que hagamos pueda permanecer; puesto que solo lo verdadero se sostendrá ya que estará basado en un soporte bíblico (principios) que lo respalde, porque todo pasará pero su palabra jamás pasará *(Mateo 5:18)*.

Es importante señalar que la autoridad espiritual se mide por el nivel de obediencia y la posición en el reino se mide por el nivel de fidelidad, lealtad, honestidad, rectitud, honradez, moralidad, legalidad y legitimidad con la cual hacemos las cosas. Ciertamente autoridad es igual a la capacidad de Dios de operar a través de un vaso, pero la posición en el reino se mide por la lealtad, la cual es la persistencia y permanencia de nuestra obediencia como resultado del fruto reflejado en un carácter: **"Muéstrame tus frutos y te diré quién eres"**

*Por sus frutos los conocerán… **Mat 7:16a***

"La calidad de tus frutos dice quien realmente eres"; por lo tanto, no es lo mismo poseer autoridad, que tener una posición en el Reino. Los milagros sin frutos llegan a convertirse en manipulación como indubitablemente la fe sin obras es una fe muerta; del mismo modo, no hay vida sin frutos.

Aunque podamos manifestar los milagros, sin frutos seremos desconocidos para Dios y no aptos para recibir un legado:

*Muchos me dirán en aquel día: Señor, Señor, ¿no profetizamos en tu nombre, y en tu nombre echamos fuera demonios, y en tu nombre hicimos muchos milagros? Y entonces les declararé: Nunca os conocí; apartaos de mí, hacedores de maldad. **Mateo 7:22-23***

Debemos vivir conforme a principios de autoridad, ya que "si rechazamos la autoridad puesta por Dios, perdemos autoridad ante aquello a lo que pretendamos tener autoridad". Para ilustrarlo de otra manera: ¿cómo te someterás a la autoridad de Dios si no te has sometido al gobierno del hombre establecido por Dios, si no amas a tu hermano al que ves?, ¿cómo amarás al que no ves? ¿Cómo te someterás al que no ves, si no te sometes al que ves? Resumiendo esta idea, podemos decir con claridad que la autoridad no se impone, se gana por medio de la obediencia. En este sentido, la posición en el Reino habla a través de los frutos de la obediencia al haber ejecutado correctamente la autoridad que se nos ha delegado o impartido, es por eso que el acatamiento de la palabra que ha sido desatada sobre nuestras vidas, enseñada, declarada, etc., deber tener una actitud de persistencia y perseverancia como Pablo se lo dice a Timoteo, porque de lo contrario, tarde o temprano lo que no entendamos, lo terminaremos criticando como sucedió con Himeneo y Alejandro tal como fue narrado en I Timoteo 1:19-20.

Cuando se pretende hacer cualquier cosa en "insujeción" es cuando se comienza a caminar sin cobertura. Es por medio de ese camino de irrespeto a la autoridad en el que se termina haciendo lo que nunca se nos ha mandado a hacer y mientras se siga pensando en hacer algo con pretensiones personalistas, se seguirá pensando como niño. Indudablemente, los padres llegan a negarse a mucho para hacernos herederos y debemos tener presente que nunca el amor de un hijo se comparará con el amor de un padre, si olvidamos esto podemos terminar sin herencia, quizá conseguiríamos llegar a conquistar muchos bienes en la vida, pero la herencia solamente proviene de los padres.

El Padre de la Gloria sigue repartiendo como Él quiere su Paternidad a través de hombres y mujeres a quienes se les ha dado el don de padres que consiguieron a través de la lealtad[44], sinónimo de fidelidad, honestidad, rectitud, honradez, moralidad, legalidad y legitimidad, y es por eso que la impartición o transferencia de padres a hijos se recibirá por la misma vía: "LEALTAD".

Si no vivimos sujetos a principios, vamos a terminar vendiendo nuestra primogenitura o nuestra legalidad para recibir lo que por herencia nos pertenece, enfocaremos nuestras decisiones en el poder, pero no en la vida.

---

[44] Microsoft Word, (España Internacional), Sinónimos: español

3. No dejarnos formar o instruir

Mateo 6:33 nos manda a buscar primeramente lo que elimina tu pasado, cambia tu presente y determina tu futuro. Ciertamente en el Reino de Dios encontramos todos los recursos espirituales para transformarnos en lo que Dios siempre ha planeado para cada uno de nuestras vidas:

No se amolden al mundo actual, sino sean transformados mediante la renovación de su mente. Así podrán comprobar cuál es la voluntad de Dios, buena, agradable y perfecta. **Romanos 12:2**

Dios ha destinado para nuestras vidas ser emprendedores de éxito, toda la escritura es inspirada por Dios para capacitarnos para toda buena obra *(II Timoteo 3:16-17)*. Cada uno de nosotros hemos sido destinados para ser los mejores en lo que emprendamos o hagamos. Si hay alguien que ha hecho mejor las cosas que nosotros, es porque han logrado desarrollar mejor sus dones y habilidades, pero eso no significa que sean mejores, ya que el mismo que les llamó a ellos, también nos ha llamado.

Al ser Dios un Dios de generaciones, eso significa que él perfecciona y renueva a su pueblo de una generación a otra. Vemos el caso del pueblo de Israel en el desierto; este pueblo creyó para salir de la esclavitud pero no para tomar posesión de la tierra prometida. Dios tuvo que renovar al pueblo a través de una nueva generación para llevar a cabo sus propósitos. Josué y Caléb fueron la conexión entre una generación vieja y desgastada con una nueva y renovada; así mismo, Dios levanta gente para este propósito y estamos en un tiempo de transición donde tenemos que abrir bien los ojos y tomar el rol que nos corresponde como hijos, amigos, padres y ministros.

En el Reino de Dios existen infinidades de recursos provistos para liberar, conquistar y poseer nuestra tierra (familia, trabajo, negocios, estudios, etc.), tomar dominio de ella, ya que "no es lo mismo tener dominio de la tierra a que ella tome domino de nosotros"; eso nos convertiría en esclavos y no en conquistadores de ella.

En este tiempo ser un ministro de Dios no es fácil, porque se debe entender específicamente cuál es nuestra posición. Hay gente poderosa como lo fue Moisés, pero no es la gente llamada a conquistar nuestra herencia. Es por eso que es importante desarrollar el liderazgo que Dios mismo ha puesto en nosotros. Cuando hablamos de liderazgo nos referimos a la capacidad de tomar decisiones y desarrollar las características implantadas en nuestra vida para lograr el éxito.

En **Josué 1:8-9** en la Versión Israelita Nazarena (VIN2011) nos habla del llamado de Josué y nos los dice de la siguiente manera:

Que este Libro de la Torah nunca cese de tus labios, sino que lo recites día y noche, para que observes fielmente todo lo que está escrito en él. Solamente entonces prosperarás en tus empresas y sólo entonces tendrás éxito. "Lo que te encargo es que seas fuerte y resuelto; no te atemorices ni te desanimes, que Yahweh tu Elohim está contigo dondequiera que vayas".

Lo interesante que Dios le dice a Josué es que irá con él a donde quiera que vaya; en otras palabras, en todo lo que emprenda siempre y cuando no se desvíe ni a derecha, ni a izquierda de lo que se le ha ordenado obedecer, resuelto[45] (decidido) a observar cada detalle de la palabra de Dios que a través de Moisés se le dio.

---

[45] Microsoft Word, (España Internacional), Sinónimos: español

Hay personas que aparentemente son exitosas; la interrogante es si lo que ha construido, lo han hecho conforme a los lineamiento de la palabra de Dios o no, porque tarde o temprano serán pasadas por el fuego para revelar de que material están hechas. Gracias a Dios que nos afirmamos en su palabra, edificados sobre la roca que es Jesús y todo lo que edifiquemos es sostenido por Dios.

Josué era un hombre bien instruido en las escrituras para que Dios le dijera que obedeciere al pie de la letra todo lo que a través de Moisés se le mandó a obedecer. El mayor peligro que podemos tener no es el diablo, sino la ignorancia que puede venir por falta de conocimiento que nos llevaría a ser víctimas de engaño del mundo *(Efesios 2:1-2)*.

Dios no le dio autoridad y poder de conquista a un ignorante, sino a alguien que se había preparado y que había llegado la hora y el momento de ejercer el llamado para lo que Dios lo había destinado. Dios preparó a Josué para ser un emprendedor de éxito y había llegado la hora en la que Dios requería de sus servicios y de su preparación.

La idea central se halla en que podamos ver la importancia de la preparación en nuestras vidas. Hay quienes han llegado a decir que no creen necesitar tanto de esto y de lo otro, "ya saben lo suficiente", "no necesita mucho", entre otras; no obstante, la importancia de la preparación radica en que aunque en el momento no requiramos tanto de lo que estemos aprendiendo, llegará el momento en el cual el Espíritu Santo va a requerir de todo aquello en lo que hayamos sido enseñados he instruidos.

Predicar a tiempo y fuera de tiempo no se trata de decir disparates, sino estar listos para ser instrumento del Espíritu Santo en el momento que sea requerido, porque anticipadamente me he dedicado a aprender no para salir del paso, sino para cuando llegue la hora en que seamos manifestados y elegidos para pelear, pararnos en la brecha, conquistar, guerrear, predicar y orar.

Josué fue preparado cuando todavía no era su hora en el Señor, pero cuando llegó su hora estaba listo; Moisés no estaba para ayudarlo. Moisés nunca estuvo para ser el salvador de Josué, estuvo para modelarle a Josué lo que tenía que hacer una vez que su momento llegara. Esto es lo que las nuevas generaciones deben de entender, no van a depender de sus pastores y padres para siempre, están siendo preparados para pelear las batallas que les tocará pelear. No podemos ser emprendedores de éxito porque peleamos las batallas que nunca debimos pelear por falta de preparación.

Es probablemente que en este momento no pertenezcamos a la iglesia más numerosa de la nación, pero sí podemos llegar a ser una de las más grandes, no tanto en número, sino en poder, sabiduría y revelación. Se necesita levantar un ejército de apóstoles, profetas, pastores y maestros, entre otros, para conectarlos con lo que hay y con lo que viene. Dios no falta a sus promesas, pero necesita gente que se prepare en su palabra para cuando llegue el momento de su promoción y manifestación.

CONCLUSIÓN

Ciertamente no podemos menospreciar la tarea apostólica y profética de este tiempo, lo que nos espera solo lo podremos concebir y dar a luz si nos sometemos al mover del Espíritu Santo. La reciente reforma no es un invento del hombre, es el agitar del Señor en un proceso soberano al cual hemos sido llamados y predestinados como iglesia santa del Cordero.

Estamos en tiempos paralelos como en los días de Elías y Eliseo, Pablo y Timoteo; es nuestra responsabilidad como hijos de Dios ser entendidos en los tiempos para poder manifestar con exactitud los propósitos Eternos del Padre.

La iglesia tiene que seguir caminando sin abandonar el fundamento con el cual hemos sido y seguimos siendo edificados; habrá acontecimientos y manifestaciones nuevas, maravillosas y poderosas que se nos revelarán en el camino, pero firmes en lo que hemos aprendido y visto hacer en medio de nuestro desarrollo espiritual.

BIBLIOGRAFÍA

- e-Sword Versión 10.1.0.0 , Copyright 2020-2012, Autor: Rick Meyers, United States of America
- Microsoft Office 2007, Word 2007, (España Internacional), Sinónimos: español.
- Chávez, Moisés, Diccionario de Hebreo Bíblico, e-Sword 10.1.0.0
- Diccionario Strong en Español, e-Sword 10.1.0.0
- Biblia Reina Valera Edición 1960, e-Sword 10.1.0.0
- Biblia Nueva Versión Internacional 1999, e-Sword 10.1.0.0
- Biblia Traducción Lenguaje Actual 2002, e-Sword 10.1.0.0
- Biblia Versión Israelita Nazarena, Revisión 2011, e-Sword 10.1.0.0
- Diccionario Real Academia Española, e-Sword 10.1.0.0
- Santa Biblia, NVI, Estudio Punto de Partida, edición publicada en español, Editorial Vida 2007, Miami, Florida.
- Comentario Bíblico, Dios Habla Hoy, 1994, e-Sword 10.1.0.0
- Nuevo Diccionario Bíblico Vila – Escuaín, e-Sword 10.1.0.0
- Nuevo Testamento en Audio de la Nueva Versión Internacional, Editorial Vida, 2012.

BIOGRAFÍA DEL AUTOR

Obed Raudales, autor de este libro es Licenciado en Teología y Ministerio Pastoral de la Universidad Latina de Teología con sede en California, Estados Unidos; también cuenta con preparación ministerial en Liderazgo Apostólico, Ministerio Profético así como en materia de Guerra Espiritual a través de la Escuela Apostólica REMAH.

Su ministerio surge en la nación de Honduras de donde procede y ha recibido la mayor parte de su formación ministerial donde participó activamente en la fundación, estructuración, expansión y crecimiento del Ministerio Internacional Luz y Vida y de la Red Ministerial Apostólica de Honduras (REMAH Internacional), bajo la cobertura del Apóstol Jorge A. Raudales.

Desde el año 2009 es ordenado como Pastor y Maestro, pasó a formar parte del Equipo Apostólico de REMAH Internacional. Desde donde desarrolla funciones como Maestro Apostólico en Congresos, Cumbres, Conferencias y en la Escuela Apostólica REMAH, además se ha destacado como Coordinador Internacional del Comando Mundial de Intercesión Profética.

En el año 2009, recibe un reconocimiento por parte de REMAH Internacional ya que es el primer Apóstol Misionero a las Naciones en recibir el comisionamiento para expandir los Ministerios mencionados anteriormente de Honduras en la nación de Costa Rica. Desde ese momento ha trabajado para establecer el REMAH Internacional con diferentes Ministerios para expandir la visión recibida así como Luz y Vida en Costa Rica; es así como se establece en el año 2013 Luz y Vida Costa Rica y en el año 2015 la Red Ministerial Apostólica de Costa Rica Internacional (REMAH) de la que, actualmente, es el Pastor General y Presidente respectivamente.

En el año 2013 recibe el Manto Apostólico durante el desarrollo del primer evento a nivel de REMAH en Costa Rica, llamado Escuela Ministerial Apostólica en ese entonces. Hoy, se le conoce como Congreso REMAH y en ese mismo evento, se le delega la representación Apostólica en Costa Rica por parte del Apóstol Jorge A. Raudales. Este congreso se realiza anualmente en el mes de noviembre, cada año va evolucionando y cuenta con la participan de Apóstoles, Profetas, Evangelistas, Pastores y Maestros cuya misión es la de entrenar, activar y equipar a hijos de Dios para la obra del Ministerio, todo esto mediante la dirección del autor de este libro, quien ha promovido y organizado Escuelas Proféticas, Ungimientos Proféticos Territoriales, Escuelas de Ministerio, Talleres de Danza además de dirigir como Maestro y Director a la Escuela Luz y Vida para el desarrollo del Ministerio y la Escuela Apostólica REMAH a nivel de Costa Rica.

En la Escuela Apostólica REMAH a nivel internacional funge como tutor-facilitador en materia apostólica y profética a diversos ministros y líderes en diferentes naciones tales como Estados Unidos, Latinoamérica y el Caribe, con el fin de expandir la enseñanza y asesoría ministerial reformadora para estos últimos tiempos.

Actualmente, ministra la Palabra de Dios en Costa Rica; sin embargo, lo ha hecho también en Honduras y Nicaragua, labor que le ha permitido conocer diferentes realidades culturales y ministeriales que le han permitido llevar a cabo con objetividad, sus enseñanzas.

El autor publica su primer libro *El Legado Apostólico del Evangelio del Reino* con el conocimiento y experiencia adquirida en su desarrollo ministerial, ya que durante su trayectoria en el ejercicio de su llamado, ha recopilado principios que ha puesto obligatoriamente en práctica y que fueron revelados para poder desarrollar el ministerio y la visión de Dios sobre su vida. El conocimiento y experiencia recabados a su corta juventud, le ha servido para entender la forma en la que se puede conectar a una generación con otra.

INFORMACIÓN DE CONTACTO

Telefono: (506) 6448-5979

Web: www.luzyvidainternacional.com
E-mail: obed_edom09@yahoo.com /
remah@luzyvidainternacional.com

Redes sociales:

Obed Raudales

@obedraudales

@obedraudales

9 789968 492591